# GrafiTäter & GrafiTote

Ard u.a.: **Der Mörder würgt den Motor ab**
Leo P. Ard/Michael Illner: **Flotter Dreier**
Leo P. Ard/Michael Illner: **Gemischtes Doppel**
Leo P. Ard/Reinhard Junge: **Der Witwenschüttler**
Leo P. Ard/Reinhard Junge: **Meine Niere, deine Niere**
Leo P. Ard/Reinhard Junge: **Die Waffen des Ekels**
Leo P. Ard/Reinhard Junge: **Das Ekel schlägt zurück**
Leo P. Ard/Reinhard Junge: **Das Ekel von Datteln**
Leo P. Ard/Reinhard Junge: **Bonner Roulette**
Dorothee Becker: **Mord verjährt nicht**
Dorothee Becker: **Der rankende Tod**
Jacques Berndorf: **Eifel-Schnee**
Jacques Berndorf: **Eifel-Filz**
Jacques Berndorf: **Eifel-Gold**
Jacques Berndorf: **Eifel-Blues**
Horst Eckert: **Bittere Delikatessen**
Horst Eckert: **Annas Erbe**
Harald Irnberger: **Geil**
Harald Irnberger: **Stimmbruch**
Harald Irnberger: **Richtfest**
Andreas Izquierdo: **Das Doppeldings**
Andreas Izquierdo: **Der Saumord**
Reinhard Junge: **Klassenfahrt**
Jürgen Kehrer: **Spinozas Rache**
Jürgen Kehrer: **Schuß und Gegenschuß**
Jürgen Kehrer: **Wilsberg und die Wiedertäufer**
Jürgen Kehrer: **Kein Fall für Wilsberg**
Jürgen Kehrer: **Killer nach Leipzig**
Jürgen Kehrer: **Gottesgemüse**
Jürgen Kehrer: **In alter Freundschaft**
Jürgen Kehrer: **Und die Toten läßt man ruhen**
Agnes Kottmann: **Tote streiken nicht**
Leenders/Bay/Leenders: **Feine Milde**
Leenders/Bay/Leenders: **Jenseits von Uedem**
Leenders/Bay/Leenders: **Belsazars Ende**
Leenders/Bay/Leenders: **Königsschießen**
Fabian Lenk: **Brandaktuell**
Hartwig Liedtke: **Tod auf Rezept**
Hartwig Liedtke: **Klinisch tot**
Reiner Nikula: **Laurins Garten**
Reiner Nikula: **Tödliches Schach**
Reiner Nikula: **Ein Stückchen Hirn**
Theo Pointner: **Scheinheilige Samariter**
Theo Pointner: **Tore, Punkte, Doppelmord**
Werner Schmitz: **Mord in Echt**
Werner Schmitz: **Nahtlos braun**
Werner Schmitz: **Dienst nach Vorschuß**
Werner Schmitz: **Auf Teufel komm raus**
Gabriella Wollenhaupt: **Grappa und d**
Gabriella Wollenha
Gabriella Wollenh
Gabriella Wollenhau
Gabriella Wollenh
Gabriella Wollenha



0196

Chemnitzer Str. 31
D-44139 Dortmund

Umschlaggestaltung: Christiane Wolf
Druck und Bindearbeiten: Fuldaer Verlagsanstalt
ISBN 3-89425-353-3
9. 10. 11. / 98 97 96

Werner Schmitz

# Dienst nach Vorschuß

Kriminalroman

grafit

**Der Autor:**

**Werner Schmitz,** Jahrgang 1948, arbeitet als Redakteur des „stern“. Der „Revier-Chandler“ (Prof. Dr. E. Schütz), der mit „Auf Teufel komm raus“ „einen der besten Krimis, die in den letzten Jahren in deutscher Sprache geschrieben wurden“ (FAZ-Magazin), vorlegte, verbrachte seine journalistische Lehrzeit beim Ruhrgebiets-Magazin „MARABO“. 15 Dienstjahren als Kommunalbeamter verdankt der Autor tiefe und unerschütterliche Einsichten in das Wesen von Bürokratien.

## Die Personen

**Altenscheidt** (Bauarbeiter) ist die Bestie von Bochum.

**Wegener** (Oberkommissar) jagt dieselbe.

**Bäcker** (Stadtamtmann) ist nicht der mausgraue Beamte, für den man ihn hält.

**Fuchs** (Stadtoberinspektor) wird erst fündig und dann strafversetzt.

**Gries** (Baudirektor) bekommt ein Grundstück.

**Köhler** (Subunternehmer) bekommt einen Auftrag.

**Wiegand** (Bauunternehmer) bekommt jeden Auftrag.

Natürlich sind Namen und Handlung in diesem Kriminalroman frei erfunden.
Übereinstimmungen mit der Wirklichkeit sind nicht beabsichtigt, aber unvermeidbar.

Zu schreiben erster Grund war mir die Erkenntnis, wie ergötzlich es für die Menschen ganz allgemein ist, etwas Neues zu erfahren.
Zum Zweiten – und das fällt schwerer ins Gewicht – beunruhigten mich all die unangenehmen Dinge, die mir im Laufe meines Lebens begegneten und meinen Geist beschwerten.
Von solchen Begebenheiten werde ich in der folgenden Abhandlung in gebührender Bescheidenheit berichten, aus der Überzeugung, daß diese die Leser zu großem Mitleid und nicht geringem Verdruß bewegen wird.

*Benvenuto Cellini (1500–1571)*

# 1

Draußen schlug die Uhr dreimal.

Er blickte von der Akte auf.

Der Innenhof des Rathauses lag im Dunkel. Die Lampen an den Wänden kämpften vergeblich dagegen an. Drei oder vier Zimmer im gegenüberliegenden Flügel waren noch beleuchtet.

Viertel vor fünf.

Er riß den 14. Januar vom Umlegekalender auf seinem Schreibtisch, legte das Blatt zwischen die endlosen Zahlenkolonnen der aufgeschlagenen Akte, klappte den Ordner zu und brachte ihn zum Schrank. Er verschloß ihn und legte den Schlüssel in die flache Schreibtischschublade zu Büroklammern, Gummibändern und Heftzwecken. Das Körbchen mit der unbearbeiteten Post verschwand im Fach darunter. Der Schreibtisch war blank.

Wie immer ging er noch einmal zur Toilette, kam zurück, wusch seine Hände am Waschbecken hinter der dunklen Tür des Einbauschrankes, zog den Mantel mit dem Pfeffer-und-Salz-Muster an, klemmte die Aktentasche unter den Arm und wartete. Daß sie vor mehr als zehn Jahren die gleitende Arbeitszeit eingeführt hatten, berührte ihn nicht.

Als der erste Schlag des Fünf-Uhr-Geläuts durch den Innenhof schepperte, knipste er das Licht aus, verschloß sein Büro und ging.

Das Bochumer Rathaus wurde in den zwanziger Jahren gebaut. Hohe Flure, dunkle Eichentüren, Wandlampen aus Messing und geätztem Glas. Der orangefarbene Kasten mit den Gleitzeituhren wirkte wie ein Fremdkörper.

Er steckte den Schlüssel in das Fach mit der Aufschrift Faber und stoppte sein Zählwerk. Das vorletzte rote Lämpchen erlosch.

Nur Vogt war noch im Amt, oder er ließ die Uhr durchlaufen, um Stunden gutzumachen.

Irgendwann fällt der auch auf, dachte Faber und spürte

Vorfreude. Er bog in den Flur, in dem die Büros der Verwaltungsspitze lagen. Der Gang weitete sich, auf dem Boden lösten graue Marmorplatten das Linoleum ab. Raumhohe Fenster über messingverkleideten Heizungen. Quadratische Pfeiler aus rostrotem Stein. Faber umkurvte die Bohnermaschine, die eine pausierende Putzfrau stehengelassen hatte.

Draußen setzte das Glockenspiel der Rathausuhr ein. Verstimmt wie eh und je. *Üb' immer Treu und Redlichkeit, bis an Dein kühles Grab.*

Mozart würde sich darin umdrehen, falls er seine Melodie erkannt hätte.

Das Scheppern der Glocken verfolgte Faber auf dem Weg zum Paternoster. Jeden Morgen um halb neun fuhr er mit dem Beamtenbagger in sein Büro im zweiten Stock und nachmittags um fünf zurück ins Parterre. Wenn er kam, mußte er oft auf eine leere Kabine warten, denn um diese Zeit begann der Publikumsverkehr.

Mollige Mütter ließen sich ins Sozialamt hieven, Baumenschen mit riesigen Planrollen strebten aufwärts ins Planungsamt. Wenn er Mittagspause machte, gehörte der Paternoster den Schulkindern, die ihre Runden drehten, bis der Hausmeister sie verjagte.

Jetzt, da im Rathaus die Putzfrauen regierten, zuckelte der Aufzug verlassen von Etage zu Etage. Faber hörte ihn schon von weitem. Als er davor stand, sackte gerade eine Kabine nach unten weg.

Springen oder nicht?

Zu spät. Die Kabine blieb leer.

Daß er auch die nächste nicht nahm, lag nicht an seiner Entscheidungsschwäche. Sie war besetzt. Auf dem Boden lag ein Mann.

Einer, den er kannte. Seine Füße stießen gegen die Rückwand des Paternosters, die Beine hatte er angezogen. Der Kopf berührte fast die Flurkante.

Wie eine Erscheinung entschwebte der Mann in die Tiefe des Hauses.

Die übertreiben das auch mit den Geburtstagsfeiern im Tiefbauamt, dachte Faber und blinzelte nach unten.

Zu sehen war nichts. Stattdessen kündigte ein von Mal zu Mal lauter werdendes Klappen das Nahen des Kollegen an. Er machte zwei Schritte nach rechts, um ihn kommen zu sehen.

Der Mann im Paternoster hatte sich gestreckt, sein Kopf ragte über den Kabinenboden hinaus und drückte die Klappen – das erste Stück Flurboden war aus Sicherheitsgründen an Scharnieren befestigt – in die Höhe.

Wenn der Schädel das Hindernis passiert hatte, fiel die Platte krachend in ihre Ausgangsstellung zurück.

Man sollte den besoffenen Kerl eigentlich kreisen lassen, überlegte Faber für einen Moment. Die Kabine glitt nach oben weg. Und wenn dem was zustieß?

Er drückte den Nothaltknopf. Stotternd blieb der Paternoster stehen.

Faber hastete zum Treppenhaus, stolperte über die Steinstufen in die dritte Etage.

Da lag der Kollege, den Kopf unter der Klappe.

Er überstieg das Hindernis und griff dem Betrunkenen unter die Arme, um ihn hochzuziehen.

Seine rechte Hand faßte in etwas Warmes, Nasses.

Angeekelt zog er die Hand zurück.

Erbrochenes war das nicht. So rot und dünn bricht man nicht.

Faber sprang über die Klappe zurück auf den Flur, rappelte an verschlossenen Bürotüren, fand endlich eine offene und stürmte hinein.

Der Raum lag im Halbdunkel. Das Telefon schlief auf einem Schwenkarm über zwei Schreibtischen. Er griff nach dem Hörer, drückte das Knöpfchen und wählte den Notruf.

## 2

Das Tiefbauamt war in einem älteren Anbau des Rathauskomplexes untergebracht. Im Erdgeschoß lag eine Gastwirtschaft, gegenüber die stillgelegte Brauerei; aus den Bürofenstern blickte man auf den Puff.

*Erste Braustätte der Schlegelbrauerei von 1854,* las Oberkommissar Werner Wegener im Vorbeigehen an der Hauswand. Die Luft, die ihm im Eingang neben dem Zeitungskiosk entgegenschlug, schien aus den Gründerjahren des Brauhauses zu stammen.

Wegener beeilte sich, nach oben zu kommen. Nicht nur auf dieser Treppe. Mit einunddreißig war er der jüngste Oberkommissar im Präsidium.

Ohne zu schnaufen, kam er im zweiten Stock an, kontrollierte sein Äußeres in der spiegelnden Etagentür. Er strich über den gesteppten Trench, den seine Frau ihm zu Weihnachten geschenkt hatte, zupfte an den Bügelfalten der Thermohose, deren Enden sich auf den Schnürsenkeln knauschten, zog den kleinkarierten Schlapphut etwas tiefer in sein glattrasiertes Jungengesicht.

Wegener lächelte sein Gegenüber in der Glastür gewinnend an und versuchte, diesen Gesichtsausdruck ins Büro des Amtsleiters hinüberzuretten. Es gelang.

Der Chef des Tiefbauamtes arbeitete in einem großen, hellen Raum. Das bißchen Wand, das die Fenster übrigließen, bedeckten Plankarten – weiße Ungetüme mit vielen schwarzen Linien, verwirrend wie Schnittmusterbögen. Über dem Besprechungstisch, an den der vielleicht sechzigjährige Ingenieur namens Jüngerstedt Wegener bat, hing verloren ein Alibi-Kunstdruck.

„Sie haben sicher aus der WAZ von der Sache erfahren", begann der Polizist. „Ihr Mitarbeiter Gerd Bäcker ist gestern tot im Paternoster gefunden worden. Erschlagen, wahrscheinlich mit einem stumpfen Gegenstand. Ziemlich brutale Sache."

Jüngerstedt nickte heftig, durchkämmte seine Taschen.

Das Etui mit den filterlosen, elliptischen Zigaretten lag auf seinem Schreibtisch. Er griff danach und rauchte los. Wegener versuchte, den süßlichen Wölkchen auszuweichen.

„Erzählen Sie mir alles, was Sie über Bäcker wissen. Was hat er hier bei Ihnen gemacht und wie?“

Statt zu antworten, sprang der Ingenieur wieder auf. Diesmal ging er ins Vorzimmer und kam mit einem dünnen Hefter zurück.

„Was soll ich Ihnen g . . g . . g . .“

Er blieb an diesem G hängen und verbiß sich darin. Wegener sah von seinem Notizblock auf. Unter seinem Blick ging das gackernde G des Amtsleiters in ein kehliges Knattern über.

„. . k . . kroß erzählen“, fing er sich wieder und schob Wegener den Hefter über den Tisch. „Seine Be . . Be- . . urteilung.“

Der Kommissar beugte sich tief über den Vordruck, versuchte krampfhaft zu lesen.

„Sch . . sch . . sch“, zischte sein Gegenüber wie eine Dampflok, „sch . . schlechte Augen, wie?“

Bloß jetzt nicht hochgucken, dachte Wegener. Und las.

Die *dienstliche Beurteilung von Leistung und Befähigung* war ein halbes Jahr alt, der Vordruck auf dem Weg zur Computerlesbarkeit. Noch fehlten die Kästchen zum Ankreuzen, in den einzelnen Spalten warteten aber schon vorgestanzte Werturteile. Von der Anmerkung, daß diese Auswahl nur als Anregung aufzufassen sei, hatte sich der Amtsleiter nicht beirren lassen.

Laut Beurteilung hatte Bäcker die ihm übertragenen Aufgaben *selbständig* ausgeführt, war *mündlich wortgewandt* und *schriftlich sicher* gewesen, *pflichtbewußt und verträglich im Umgang mit Vorgesetzten und Mitarbeitern,* von *eifrigem* Fleiß und schneller Auffassungsgabe.

In Spalte sechs, *Gewandtheit und Verhalten im Verkehr mit der Bevölkerung,* hatte sich der Amtsleiter für *eckt nicht an* entschieden. Nach seiner Meinung war Bäcker, was seine *charakterlichen Anlagen* betraf, weder *weichlich* noch *beschönigend,* auch nicht *großsprecherisch* oder *verlogen,* sondern *ausgeglichen* gewesen.

Nur mit der Pünktlichkeit schien der Tote es nicht genau genommen zu haben. Wenn auch nicht *saumselig,* war er doch *häufig zu spät* gekommen.

Im Gesamtergebnis hatte es zu einem *über dem Durchschnitt* gereicht.

Bäckers hingewischte Unterschrift, die die *Kenntnisnahme der vorstehenden Beurteilung* bestätigte, paßte zu dem Bild, das Wegener sich von dem toten Beamten machte: abgenutzt von zwanzig Dienstjahren.

„Erhebung von Erschließungsbeiträgen und Beiträgen nach § 8 KAG steht hier unter Aufgabengebiet. Was heißt das auf deutsch?"

„Wenn Straßen neu gebaut werden, müssen die Anlieger bezahlen, und b . . bei Erneuerungen auch."

„Was wissen Sie über Bäcker persönlich, privat?"

Der Amtsleiter schien überfragt. „Was ich weiß, sch . . sschteht da drin", stotterte er.

Wegener studierte angelegentlich seine Schnürsenkel.

„Ich möchte mir Bäckers Büro ansehen, mit seinen Kollegen sprechen", bat er.

„Kommen Sie!"

Der Amtsleiter faßte seinen Ärmel und zog ihn durch das leere Vorzimmer auf den Flur. Der Mann war groß, mindestens einsneunzig, trug einen grauen Anzug, dessen zu kurze Hosenbeine um seine Waden schlotterten. Auf dem Flur brüllte Jüngerstedt einem, der fünfzehn Meter vor ihnen ein Zimmer betrat, ein „Moin!" hinterher. Der andere fuhr herum, grüßte höflich und verdrückte sich hinter die Toilettentür.

Bäckers Büro lag gegenüber. *Zimmer 256, Erschließungsbeiträge, Herr Bäcker, Herr Fuchs.*

Drinnen war Versammlung. Sechs oder sieben Männer füllten den überheizten Raum. Trotz der Enge blieb einer der beiden Schreibtische leer. Hinter dem anderen lümmelte sich ein Mittzwanziger, etwas rundlich, mit blaßbraunem Haar. Ein Bärtchen ersetzte das fehlende Kinn. Die andern waren fünf bis zehn Jahre älter. Sie lehnten an den Wänden, standen in der geöffneten Tür zum Nachbarzimmer oder saßen zwischen den Topfpflanzen auf der kniehohen Fensterbank. Es roch nach Schweiß und Kohlepapier.

„Meine Herren", begann Jüngerstedt und wiederholte die Anrede so oft, wie Leute im Raum waren, „das ist O . . Oberkommissar Wegener von der Kriminalpolizei. Er will Ihnen ein paar Fragen stellen."

Und an Wegener gewandt: „Ich denke, S . . s . . ssie kommen allein zu . . zurecht."

Ohne eine Antwort abzuwarten, zog er die Tür hinter sich zu.

Die Beamten sahen sich verstohlen an und schwiegen. Einer, der weit hinten stand, im Nachbarbüro, kicherte.

„Wer hat hier den Hut auf?" fragte Wegener. Er kannte die Hackordnung der Büros und wollte sich nicht auf langes Gedruckse einlassen.

Keine Antwort. Die Beamten schienen den Spruch nicht zu kennen.

„Sie", sagte schließlich der Kicherer.

Ein halbes Dutzend Augenpaare richteten sich auf Wegeners Schlapphut. Man grinste.

„Also gut."

Wegener knüllte den Bibi in der einen Hand zusammen und fuhr mit der anderen durch sein plattgedrücktes blondes Haar.

„Wer ist hier der Chef?"

„Ich." Der Mann hätte ihm beim Reinkommen auffallen müssen. Er war kleiner als die anderen, schmal, mit einem Kopf, zu kurz für ein Pferd und zu lang für ein Pony. Den Hals verdeckte eine dunkelblaue Fliege. Das Oberhemd plusterte sich über dem Hosenbund.

„Mein Name ist Swoboda. Ich bin hier Abteilungsleiter."

Seine Stimme zerschnitt die Stille in zwei Hälften.

Die Beamten rührten sich nicht. Aufgereiht an den Zimmerwänden bildeten sie einen Kreis um den leeren Schreibtisch.

„Wie lange saß Bäcker auf dieser Stelle?"

Die Männer wechselten Blicke und warteten.

„Etwa ein Jahr", antwortete der mit der Fliege.

Die anderen nickten. Einer brummte.

„Wieviel Sterne hatte er denn an der Jacke?"

Die Augenbrauen des Abteilungsleiters erschienen oberhalb seiner Hornbrille.

„Kollege Bäcker ist Stadtamtmann", antwortete er.

„War Stadtamtmann", berichtigte Wegener. „Das ist Besoldungsgruppe A 11, oder?"

„Ja", sagte einer von den jüngeren und sah zum leeren Schreibtisch hinüber.

„Wann ist er Amtmann geworden?"

„Kurz nachdem er zu uns kam. Er hatte sich vom Ordnungsamt herbeworben auf die Elfer-Stelle."

Wegener notierte im Stehen. Auffordernd blickte er in die Runde.

„Was war Bäcker für ein Mensch? Wie kamen Sie mit ihm zurecht, meine Herren?"

„Hat Ihnen der Chef nichts dazu gesagt?" fragte der Abteilungsleiter zurück.

„Der Chef", betonte Wegener, „hat mir Bäckers Beurteilung gezeigt. Mehr konnte er nicht sagen."

Dieser Beamtenbund begann, ihm auf die Nerven zu gehen. So kam er nicht weiter. Nicht mit allen auf einem Haufen.

„Herr Fuchs?" fragte er und sah den dicklichen Burschen am Schreibtisch an. Der nickte. „Ich möchte mich gern mit Ihnen unterhalten. Die übrigen Herren haben sicher noch zu tun."

Es dauerte, bis die Beamten begriffen, daß die Versammlung aufgelöst war. Dann drängten sie aus dem Raum.

Wegener schälte sich aus seinem Mantel, warf ihn über einen freigewordenen Besucherstuhl und ging zum Fenster.

„Darf ich?" fragte er.

Fuchs nickte.

Wegener riß den schmaleren Flügel auf und sog die klare Winterluft durch die Nase. Unten stakste ein Mann mit einem steifen Bein in Richtung Puff. Vor der ersten Kneipe wendete er und verschwand. Es war zehn. Seit einer Stunde hockte Wegener im Tiefbauamt und wußte nichts über den Erschlagenen, außer daß er von eifrigem Fleiß und ausgeglichenem Charakter gewesen war. Er ließ das Fenster offen, setzte sich an Bäckers Platz.

„Wann haben Sie ihn zum letzten Mal gesehen?"

„Gestern. Kurz nach vier."

Schluß. Mehr nicht. Der Junge sah Wegener an, als ob er nicht bis drei zählen könne.

„Sie haben zu der Zeit Feierabend gemacht?" riet der Polizist.

Fuchs nickte.

„Blieb Bäcker immer so lange?"

„Nur kurz vorm Letzten, wenn er tief in den Miesen war."

Wegener begriff nicht.

„Gleitende Arbeitszeit", warf Fuchs hin. „Man darf die Sollzeit für den Monat nur um zehn Stunden unterschreiten. Das sind die Miesen. Sie werden dem Soll für den nächsten Monat zugeschlagen."

„War Bäcker in den Miesen?"

„Schwer zu sagen am fünfzehnten."

„Wie kann ich das rauskriegen?"

„Notieren Sie sich seine Zeit unten bei den Uhren, und sprechen Sie mit dem Glatzkopf."

Der Junge lehnte sich zurück und genoß seinen Heimvorteil.

Wegener ließ ihm den Spaß.

„Wer ist der Glatzkopf?" fragte er.

„Finkemeier, Zimmer zweihundertsiebenundsechzig."
Den Gefallen, nach der Bedeutung des Spitznamens zu fragen, tat er ihm nicht.
„Wie lange haben Sie mit Bäcker auf einem Zimmer gesessen?" begann er an anderer Stelle.
„Acht Monate."
„Und wie war er?"
„Nicht schlecht. Das meiste, was ich über Erschließungsbeiträge weiß, hab ich von ihm. Bißchen viel geredet hat er, aber man muß ja nicht unbedingt hinhören."
Er fuhr sich mit dem Zeigefinger ins rechte, etwas abstehende Ohr und ließ den Daumen der linken Hand aus dem anderen entweichen.
„Wie kamen die anderen mit ihm klar? In der Beurteilung steht verträglich im Umgang mit Vorgesetzten und Mitarbeitern."
„Bäcker war in Ordnung. Hat niemanden in die Pfanne gehauen. War für jeden Spaß zu haben."
„Für jeden?"
„Ziemlich."
„Zum Beispiel?"
„Zum Beispiel hat er sich gern einen getrunken."
„Frauen?"
„Er war verheiratet."
„Und?"
„Im Rathaus läuft immer irgendwas. Ich hab da nicht den Überblick. Bäcker hat bestimmt nichts anbrennen lassen."
Er zuckte mit den Schultern und wiederholte seine Darein-da-raus-Geste.
„Namen?"
Fuchs schüttelte den Kopf. Seine vollen Backen vibrierten leicht.
„Da war nichts Festes. Mehr Zufallstreffer. Nach Geburtstagsfeiern oder so."
Er redete schnell, spuckte seine kurzen, abgehackten Sätze aus. Dabei wirkte er äußerlich ruhig, saß breit und

bequem auf seinem Drehstuhl, die Ellenbogen auf der Tischplatte fingen das Gewicht des Oberkörpers ab.

„Dreiundvierzig ist ein bißchen alt für einen frisch beförderten Amtmann“, begann Wegener.

„Er war in keiner Partei und nicht besonders dienstgeil.“

„In welcher muß man denn sein?“

„SPD, aber die ist überlaufen. 1000 Mitglieder im Rathaus. CDU ist auch nicht schlecht. Kriegt man vielleicht eher eine Proporzstelle.“

Er wiegt den Kopf und kratzte seinen löchrigen Kinnbart.

„Müßte man direkt mal durchrechnen.“

Er kritzelte etwas auf ein Kalenderblatt.

„Feinde hatte Bäcker keine?“

„Unter den Kollegen nicht.“

„Und sonst?“

„Man macht sich nicht grad Freunde in dem Job.“

„Wieso?“

„Stellen Sie sich vor, Ihre Eltern hätten ein altes Zechenhaus. Mit Obstgarten, Gemüsebeet und so. Plötzlich fällt der Stadt ein, in der Ecke eine neue Straße zu bauen. Eine Wohnungsgesellschaft will Eigentumswohnungen bauen. Dummerweise grenzt das Grundstück ihrer Eltern an die neue Straße. Neunzig Prozent der Straßenbaukosten wälzt die Stadt auf die Anlieger ab. Mit der Baugesellschaft gibt es keine Schwierigkeiten. Die haben das in der Kalkulation. Ihre Eltern nicht. Die müssen zahlen. Zweiundzwanzigtausend Mark, weil das Grundstück so groß ist.“

Erschöpft von der langen Rede lehnte sich Fuchs in seinem Drehstuhl zurück.

„Passiert?“ fragte Wegener.

Fuchs nickte.

„Namen und Anschrift von den Leuten brauch ich“.

Wegener zog sein Notizbuch, das er, während Fuchs erzählte, von sich geschoben hatte, wieder zu sich. Der Junge war nicht schlecht.

Fuchs überlegte einen Moment.

„Karl Mertens", sagte er dann.
„Anschrift?"
„Kommunalfriedhof Linden."
Wegener ließ den Kuli fallen und sah langsam hoch. Fuchs grinste nicht mal.
„Die alten Leute haben den Garten verkauft, um bezahlen zu können. Als die Baumaschinen anrückten, sind sie gestorben. Beide kurz hinternander."
„Haben Sie immer soviel Erfolg?"
„Leichen sicher seltener als Sie. Daß Leute nicht bezahlen können, passiert öfter."
„Was machen Sie dann?"
„Ratenzahlung."
Wegener klappte seine Kladde zu und stand auf.
„Haben Sie eigentlich viel zu tun?" fragte er und sah sich in dem Büro um. Es wirkte aufgeräumt.
„Hält sich in Grenzen."
„Ich brauche alle Akten, die Bäcker bearbeitet hat, seit er hier ist. Geht das?"
Fuchs nickte.
„Bis wann?"
„Vorgestern."
Wegener schnappte Hut und Mantel und ging.

## 3

Annegret Bäcker war allein. Sie bat Wegener ins Wohnzimmer. Wegener sank in den ledernen Dreisitzer und seufzte.

Er blickte sich um. Die großen Fotos vom alten Bochum interessierten ihn.

Die Witwe auch. Sie war keine zehn Jahre älter als er, groß und blond. Ihre schwarze Lederhose und der gleichfarbige weite Pullover ließen sie nicht besonders traurig aussehen.

Sie setzte sich nicht. Streunte durch den Raum. Zupfte

an den Falten der Vorhänge. Schob die wenigen Bücher in der Palisanderwand zurecht. Prüfte die Feuchtigkeit im Topf der Palme.

Dann sah sie Wegener an. Ihre Augen waren bläulich beschattet. Etwas Rouge betonte ihre ohnehin stark gewölbten Wangenknochen.

„Wissen Sie, wer es war?“ fragte sie.

Die Leute hatten Vorstellungen. Gestern die Leiche, heute den Täter. Obwohl, meistens lief es wirklich so ab. Für die drei Teenies, die dem Opa aus der Nachbarschaft den Schädel eingeschlagen und die Rente gemopst hatten, brauchte er vier Stunden.

Diesmal wird es nicht so schnell gehen, dachte Bäcker. Nicht bei den Leuten.

„Wir stehen erst am Anfang der Ermittlungen“, sagte er. „Wir müssen uns ein Bild von Ihrem Mann machen.“

Die Bäcker nickte. Ihre schulterlange Mähne wogte um den schmalen Kopf. Sie war hinter einem Sessel stehengeblieben und wartete.

„Wie lange waren Sie verheiratet?“ begann Wegener.

„Zweiundzwanzig Jahre.“

War wohl nichts mit Ende dreißig. Er taxierte ihr faltenloses braunes Gesicht, die schlanken Schultern, die Stellen, an denen sich der Pulli trotz seiner Weite beulte.

„Darf ich fragen, wie alt Sie sind?“

„Dreiundvierzig“, antwortete die Witwe.

Der Glanz zwischen zwei Wimpernschlägen verriet, wie zufrieden sie mit seiner Frage war.

„Haben Sie Kinder?“

„Eine Tochter. Claudia. Sie studiert in Göttingen. Ich hab sie noch nicht erreicht . . .“

„Wie alt ist Claudia?“

„Einundzwanzig.“

„Sind Sie berufstätig, Frau Bäcker?“

Sie schüttelte den Kopf. „Wär’ ich gerne, jetzt, wo Claudia weg ist. Aber man findet nur schwer was. In meinem Beruf.“

„Was haben Sie denn gelernt?"

Die Bäcker verzog einen Mundwinkel zu einer Art Lächeln.

„Stenotypistin im Rathaus."

„Haben Sie da Ihren Mann kennengelernt?"

Sie nickte und ging zum Fenster. Auf dem Reihenhausrasen wendete eine Amsel ein braunes Blatt, fand nichts Eßbares darunter und verzog sich schimpfend.

„Wie war Ihre Ehe, Frau Bäcker?"

Die Witwe drehte sich um und sah Wegener prüfend an.

„Wie ist denn Ihre, Herr Kommissar?"

Er rutschte noch ein Stück tiefer in den Sessel, ehe er antwortete.

„Nicht schlecht. Aber wer weiß, was ich in achtzehn Jahren sage."

Annegret Bäcker setzte sich auf die Sessellehne, nahm eine Mentholzigarette aus dem Kästchen und steckte sie an. Sie rauchte in tiefen Zügen, blies den Qualm in Strahlen aus der Nase.

„Unsere Ehe war nicht besonders."

„Warum?"

Sie stand auf.

„Gerd war so . . .", sie ging ein paar Schritte, „. . . so durchschnittlich. Ohne Ehrgeiz. Erst mit vierzig Amtmann." Sie schnaubte.

„Und privat?"

Die Witwe stand jetzt wieder am Fenster. Wegener betrachtete ihre schwarze Silouette vor dem Betonhimmel über der Siedlung.

„Montags bis donnerstags fernsehen, freitags knobeln, samstags VFL, sonntags die Oma besuchen", leierte sie gegen die Scheibe.

„Und Sie?"

Annegret Bäcker löste sich vom Fenster, kam auf ihn zu.

„Ich", dehnte sie, beugte sich über den Tisch und

drückte ihre Zigarette aus. Ihr Gesicht war jetzt nah vor ihm. Sie hatte metallicblaue Augen. „Ich mach meine eigenen Sachen."

„Was sind das für Sachen, Ihre eigenen?"

„Schwimmen, Tennis, Sauna zum Beispiel."

Sie hockte sich wieder auf die Lehne.

Wegener zog sein Notizbuch aus der Jacke und blätterte unkonzentriert darin herum.

„Hatte Ihr Mann außer Ihnen noch andere Feinde?" fragte er und ließ sie dabei nicht aus den Augen.

„Nicht daß ich wüßte", überging sie seine Provokation mit dem Anflug eines Lächelns.

Draußen war es noch grauer geworden. Es schien zu regnen. Wegener ließ sich seinen Mantel geben und verabschiedete sich.

„Wenn ich noch Fragen habe, ruf ich Sie an", drohte er und schlidderte über den Plattenweg zur Straße.

Im Präsidium erwartete Möller ihn mit den ersten Ergebnissen der Spurensicherer. Fein säuberlich hatten die Kollegen Bäckers Tascheninhalt aufgelistet, vom benutzten Tempo in der Hose bis zu den Präservativen im Jackett. Dazu ein Schlüsselbund, die Brieftasche mit dem üblichen Kram. Im Aktenköfferchen eine glattgestrichene Alufolie mit Brotresten und die ZEITUNG vom Vortag.

Sonst nichts.

Das Ergebnis der gerichtsmedizinischen Untersuchung lag noch nicht vor. Die Spuren im Paternoster gaben nichts her. Halb Bochum hatte dort seine Fingerabdrücke hinterlassen.

Genau so hatte Wegener sich den ersten Mord nach Brinkmanns Pensionierung vorgestellt! Dabei kam alles darauf an, jetzt ein paar zügig aufgeklärte Fälle für die Statistik hinzulegen. Dann war ihm der „Haupt" nicht mehr zu nehmen.

Wegener ließ Heret kommen. Der lufttrockene Kriminalhauptmeister genoß den Ruf, der beste Berichtschreiber des Kommissariats zu sein. Mit seinen geschraubten Formulierungen hatte er schon manchen einfachen, aber unangenehmen Sachverhalt vernebelt. Ihn setzte Wegener auf die Akten im Tiefbauamt an.

„Nehmen Sie sich Möller dazu“, sagte er, „und fangen Sie noch heute an.“

Heret trollte sich grummelnd. Kurz vor drei und dann noch raus!

## 4

Fuchs haßte Beerdigungen. Als Inspektoranwärter hatten sie ihn bei jedem verstorbenen Verwaltungsmenschen den städtischen Kranz tragen lassen. Weil er sich einmal beschwert hatte. Von wegen ausbildungsfremder Tätigkeit.

Nach einem Jahr grüßte er jeden zweiten Bochumer Pastor, kannte die Abschiedsworte des Personalchefs am offenen Grab auswendig und wußte, daß der Personalrat voll war, wenn er statt Weinbrand-Cola Urwald-Maggi bestellte.

Daß er bei Bäckers Begräbnis weder Kranz noch Sarg zu tragen brauchte, lag nicht an der Rücksichtnahme der Kollegen auf jene schlimmen Erfahrungen, sondern an seinem Familienstand. Ihm fehlte der dunkle Hochzeitsanzug, und der Konfirmationsanzug von damals fiel aus verschiedenen Gründen aus. Einer davon war sein Bauch.

Fuchs folgte den Trauerfeierlichkeiten von irgendwo weit hinten. An die zweihundert Menschen wollten Bäcker unter die Erde bringen, viele Kollegen darunter.

Der Dezernent hatte zur Teilnahme an der Beerdigung des Stadtamtmannes Gerd Bäcker Dienstbefreiung erteilt.

Auch beim anschließenden Kaffeetrinken hielt Fuchs sich zurück.

Der Anblick von Streuselkuchen drehte ihm noch immer den Magen um. Er wäre auch eher verhungert, als Bienenstich zu essen.

Von den Kollegen schienen sich viele nichts aus Kuchen zu machen. Sie umlagerten die Theke in Dreierreihen.

Die erste Runde tranken sie schweigend, stöhnten nur kurz auf und schüttelten sich, als der Korn die Speiseröhre ätzte.

Beim zweiten Pils begannen die Älteren von früheren, besseren Zeiten zu berichten, als der Beamte noch was galt. Zwei Schnäpse später folgten die unvermeidlichen Anekdoten. Zuerst die, in denen der Verstorbene eine Rolle spielte, dann alle anderen.

Irgendwann zwischen dem achten und zehnten Pils stimmte Willi sein erstes Lied an. *Ich hatt' einen Kameraden.* Ergriffen lauschte die Thekenbesatzung dem Amtsboten, der beim Männergesangverein „Liederfreund" die zweite Tenorstimme sang. Andere getragene Weisen folgten, die ersten summten mit, leise zunächst, dann kräftiger. Eine Stunde später – die Grenze zwischen stimmungsvollem Gesang und Stimmungslied ist fließend – fiel die halbe Theke in Willis knödelndes *So ein Tag, so wunderschön wie heute* ein.

Der Wirt hastete durch den Schankraum und schob die Tür zum Gesellschaftszimmer mit den Familienangehörigen zu.

Fuchs suchte seinen Mantel und ging.

Im Büro machten die Kripo-Leute den Aktenberg auf Bäckers Schreibtisch nieder. Wenn sie das Tempo durchhielten, würden sie heute fertig. Auch Swoboda war schon wieder im Amt.

„Herr Fuchs", dehnte er ins Telefon, „kommen Sie bitte mal zu mir."

Fuchs legte auf, dachte kurz nach, kam nicht darauf, was Swoboda von ihm wollte, und ging durch die leeren Büros zu ihm rüber.

Der Abteilungsleiter hatte sich von der Beerdigung eine der angebotenen Zigarren mitgenommen. Die steckte jetzt zwischen seinen Schneidezähnen und veränderte Swobodas

Pferdekopf in Richtung Starenkasten. Wie immer, wenn er etwas getrunken hatte, paffte er mit fliegendem Arm.

Fuchs ließ sich auf dem Besucherstuhl vor dem Schreibtisch nieder und sah ihm zu.

„Das Personalamt hat uns angeschrieben", begann Swoboda, schmauchte nochmal auf diese kindische Art, „wegen Ihrer Ernennung zum Beamten auf Lebenszeit."

Er hing in seinem Drehstuhl wie ein Schluck Wasser in der Kurve.

„Wir sollen Sie beurteilen."

Fuchs wartete. Acht Monate Tiefbauamt hatten gereicht, um Swob kennenzulernen. Er rechnete immer mit dem Schlimmsten, wenn er zu ihm mußte. Meist traf es ein.

„Wie lange sind Sie bei uns, Herr Fuchs?" fragte Swoboda.

Fuchs sagte: „Acht Monate."

„Eigentlich eine kurze Zeit", sinnierte Swob und sah dabei aus dem Fenster.

„Wieviele Straßen haben Sie bisher abgerechnet?"

„Drei", antwortete Fuchs so ruhig er konnte. „Kindermannsweg, Mondscheinweg und Konradstraße nach KAG."

„Ach richtig, Mondscheinweg. War das nicht die mit den vielen Widersprüchen?"

Fuchs nickte.

„Sehen Sie, Herr Fuchs, in Ihrem eigenen Interesse habe ich dem Personalamt geschrieben, daß mir eine Beurteilung nach so kurzer Zeit noch nicht möglich ist."

Er rauchte hingebungsvoll.

„Aber Sie haben in den nächsten Monaten ja mehr als genug Gelegenheit zu zeigen, was in Ihnen steckt."

Swoboda grinste.

„Wie jede andere freiwerdende Stelle wird Bäckers ein halbes Jahr nicht besetzt. Ich erwarte, daß Sie diesen Engpaß mit gesteigertem Einsatz überbrücken."

Fuchs stand auf und sah auf den dampfenden Abteilungsleiter herab.

„Das war's?“ fragte er.
Swob bestätigte.
An der Tür rief er Fuchs zurück.
„Was machen denn die Herren Kollegen von der Kripo?“
„Akten wälzen“, warf Fuchs hin. „Werden wohl heute fertig werden“.
„Informieren Sie mich, wenn der Kommissar wieder auftaucht“, rief Swoboda ihm hinterher.
Fuchs ging noch mal zurück.
„Vorher oder nachher?“ fragte er und sah Swob mit gespielter Einfalt an.
Swoboda grinste.
Er liebte Widerstand. Weil er ihn dann brechen konnte.

## 5

Während seine Leute an die vierhundert Aktenhefter mit ungefähr sechshundert Beitragszahlern durchforsteten, nahm Wegener sich das Personal einzeln vor.

Ohne ihren Abteilungsleiter waren die Leute wesentlich gesprächiger.

Stichler, den die anderen Abi nannten, ein Überbleibsel aus den Siebzigern mit schmutzig-blonder Mähne und schludriger Kleidung, gehörte zu Bäckers Knobel-Club. Freitag abends trafen sie sich in einer Vorortkneipe und würfelten Runden aus. Sie hatten eine Kasse und flogen einmal im Jahr mit dem Geld aus, nach Rom, Zürich oder London.

Schmidt, ein Enddreißiger mit Halbglatze und krummem Rücken, saß unter einem Plakat mit der Aufschrift: *Hier wird vom VfL geredet.* Jemand hatte mit Filzstift *nur* eingeklemmt. Schmidt organisierte die Fußballmannschaft des Tiefbauamtes. Die Urkunden an den Wänden kündeten von ihren Erfolgen. Auf den Mannschaftsfotos stand Bäcker mit gespanntem Trikot rechts außen.

„Aktionsradius wie ein Kanaldeckel“, kommentierte Schmidt das fußballerische Leistungsvermögen des Toten, „aber die Erfahrung von fünfundzwanzig Jahren am Ball.“

Frau Neumann, die Stenotypistin der Abteilung, wirkte nur auf den ersten Blick wie ein verhuschtes Mäuschen. Irgendwas in ihrem Gesicht, wahrscheinlich die großen Augen, mit denen sie Wegeners Blicken standhielt, paßte nicht dazu. Sie habe nur dienstlich mit Bäcker verkehrt und wisse wenig über ihn, betonte sie.

Kramer, der kleine dicke Aktenverwalter, den er mit einer Dose Bier überraschte, sah das anders.

„Als Kraft ist die ne Pflaume“, kicherte er und bot Wegener eine Dose an, „aber als Pflaume ne Kraft.“

Wegener riß den Deckel hoch und trank. Der Aktenmann strahlte.

„Bei der Aussicht sollse kein Durst kriegen.“

Mit der Nase tippte er rüber zur Brauerei. Die nächste Dose verschwand in seiner klobigen Hand.

Kramer kannte eine Menge Geschichten und freute sich, sie loszuwerden. Nach zwei Dosen hätte Wegener ein Buch schreiben können: Wer mit wem im Tiefbauamt, und wenn nein, warum nicht.

Eine lustige Truppe. Bis auf Swoboda duzte man sich, tippte seit Jahren die Bundesligaergebnisse und versoff den Einsatz bei einer großen Fete in Schmidts Garten, machte sich hin und wieder an weibliche Auszubildende oder Stenotypistinnen heran.

Bäcker immer mittenmang. Daß er nach einer Geburtstagsfeier die Neumann auf dem großen Leuchttisch in Stichlers Büro gevögelt haben wollte, rechnete Wegener trotz gegenteiliger Beteuerungen des Aktenverwalters dem Reich der Fabel zu.

„Ach übrigens“, fiel ihm beim Rausgehen noch ein, „warum nennt ihr den Finkemeier Glatzkopf?“

Kramers Schweinsäugelchen blinkerten ihn an.

„Weil er Gleitzeitbeauftragter ist. Gleitende Arbeitszeit – GLAZ.“

Bäcker war nicht in den Miesen. Seine Gleitzeituhr im Eingang des Tiefbauamtes hatte er am Tattag bei 77,1 gestoppt.

„76,5 Stunden war am vierzehnten Soll“, wußte Glatzkopf Finkemeier nach einem Blick in die Tabelle. „Aus dem alten Jahr hat er sogar zwei Plusstunden mitgebracht.“

Er drehte Bäckers Abrechnungsbogen um und quetschte die Lippen zu einem altjüngferlichen Lächeln.

„6,4 Stunden Außendienst aufgeschrieben.“

Wann genau Bäcker seine Uhr abgeschaltet hatte, war nicht zu erfahren.

„Eigentlich sind es keine Uhren“, dozierte Finkemeier, „sondern Zeitsummenzähler. Der Kollege stellt morgens mit dem Schlüssel das Zählwerk an und stoppt es nachmittags, wenn er geht.“

Es war fast fünf, als Wegener sein Büro im dritten Stock des Präsidiums betrat. Die Türen zu den Nachbarzimmern standen auf. Nirgendwo regte sich was. Reichlich ruhig für einen aktuellen Mord.

Einen Rest Kaffee hatte ihm die Sekretärin in der Maschine warmgehalten. Er füllte seine Bürotasse mit der schwarzen Brühe und ging zum Schreibtisch.

*Die interessanten Akten aus dem Tiefbauamt liegen auf dem Aktenbock,* hatte Heret auf einen Zettel gekrakelt.

Wegener seufzte. Auf seinem Beistelltisch balancierte ein halbmeterhoher Stoß Hefter. Der Abend war gerettet.

Er griff die oberste Akte. Emilie Skrotzki. Das erste Blatt war der *Bescheid über die Erhebung des Erschließungsbeitrages für das Grundstück Mondscheinweg 16.*

*Sehr geehrte Frau Skrotzki,* grüßte im Auftrag des Oberstadtdirektors Dipl.-Ing. Jüngerstedt. *Nach § 133 Abs. 1 S. 2 Bundesbaugesetz (BBauG) vom 19. 3. 1961 in der z. Zeit gültigen Fassung (BGBI I 1961, S. 1486) in Verbindung mit der Satzung der Stadt Bochum über die Erhebung des Erschließungsbeitrages (Erschließungsbeitragssatzung – EBS) vom 21. 8. 1979 erhebe ich hiermit für die endgül-*

*tige Herstellung der Erschließungsanlage Mondscheinweg in allen Teileinrichtungen einen endgültigen Erschließungsbeitrag in Höhe von 8118,08 DM. Der Beitrag ist innerhalb eines Monats nach Zustellung dieses Bescheides fällig. Eventuell eingelegte Rechtsbehelfe berühren die Fälligkeit nicht. Die Berechnung des Beitrages ist der in der Anlage beigefügten Aufstellung zu entnehmen.*

Wegener fragte sich, ob ein Normalbürger aus diesem Kauderwelsch und dem Zahlengewirr des Berechnungsbogens klug werden könnte. Die Antwort gab Emilie Skrotzki zwei Seiten weiter:

*Stadt Bochum!*

*Es ist mir leider nicht möglich, Ihre Geldforderung von 8118,08 DM zu erfüllen, da mein Mann Johann Skrotzki im letzten August verstorben ist. Er hatte im Alter von 44 Jahren einen schweren Arbeitsunfall, und so bekomme ich mit meinen 71 Jahren eine Witwenrente von 790,10 DM, weil die Rentengesetze nun eben so sind.*

*Ich besitze kein Auto und muß noch hinzufügen, daß sich vor unserem Grundstück seit jeher ein gepflasterter Bürgersteig befand, welcher von dem vorherigen Besitzer vor vielen Jahren angelegt worden ist.*

*Mein Mann und ich sind geborene Bochumer und haben mit Ausnahme des Krieges, nirgendswo anders gelebt, als in unserer Stadt.*

Das Schreiben der Witwe hatten sie als Ratenzahlungsantrag behandelt und der Frau hundert Mark monatlich eingeräumt.

Seit einem Jahr stotterte sie ihre achttausend Mark plus Zinsen ab.

Ob Heret glaubte, wer der Stadt solche Briefe schrieb, schlüge auch ihren Beamten den Schädel ein? Die Akte Skrotzki wurde Grundstein für den Stapel *unwichtig,* den Wegener im Laufe des Abends immer höher türmte.

*Wichtig* waren ihm acht Leute. Sie hatten der Stadt richtigen Ärger gemacht.

*Wenn Sie wirklich darauf bestehen wollen und bleiben,*

*ich den Zahlemann & Söhne, wie man sagt, unschuldig spielen soll: Dann möchten Sie sich bitte anschließend an die Firma Oliver & Söhne, große Schüppen – kleine Löhne wenden. Dort liegt Pfändungen von mir vor genug,* schrieb ein Laubenbesitzer aus Hordel und beschwerte sich: *Ihr Vertrauensmann Bäcker ist für mich nicht maßgebend: da dieser Herr in mein Haus gestern frech vorgekommen ist. Er hat sich so laut benommen, daß die ganze Straße neugierig ins Fenster lag.*

Auch von dem Besitzer des Vorortkinos in Wattenscheid war nichts zu holen: *Über die Anordnung von 9231,90 DM ist ja ein bißchen sehr reichlich bei unseren Einkommen,* nölte er und schrieb auch, warum: *Wie Sie vielleicht wissen sind bei den Rand-Kinos die Einnahmen um 60% zurückgegangen. Jedes Theater was der Stadt gehört und bei Abschluß des Jahres ein Zuschuß erhalten. Was erhalten wir am Rande der Stadt nichts, das war eine kleine Randbemerkung.*

Um zehn verließ Wegener das Präsidium. In seinem Schädel prügelte sich das frühe Bier mit den späten Akten. Er wunderte sich, daß ihm der Hut noch paßte.

## 6

Am nächsten Morgen mußte er zum Chef. Meier II von der Staatsanwaltschaft war da. Als Wegener die Tür mit der Aufschrift *Leiter der Kriminalpolizei* aufriß, standen sich die beiden leitenden Herren gegenüber, schüttelten einander unaufhörlich die Hand und hielten sich höfliche Reden.

Sie waren gleichgroß, ungefähr einsfünfundsiebzig, gleichalt – Ende fünfzig –, gleichdick – Wegener schätzte sie auf satte vier Zentner zusammen – und gleich bescheuert.

„Na, dann wollen wir den Täter mal zur Strecke bringen“, prustete der Chef und bat an den Besprechungstisch.

Meier II wieherte mit.

„Am besten berichten Sie uns mal den Stand der Ermittlungen, Wegener", begann der Kripo-Chef, als sie sich einigermaßen beruhigt hatten. Wegen einer vagen Ähnlichkeit und der ständigen Lacherei hieß er selbst beim letzten Streifenpolizisten Heinz Erhardt.

Meier II, der auch problemlos einen toten Komiker hätte doubeln können, glubschte Wegener erwartungsvoll an.

„Zum Tathergang wissen wir nicht viel", sagte der.

Die beiden Dicken machten erstaunt-besorgte Gesichter.

„Zuletzt gesehen hat ihn sein Kollege im Tiefbauamt um kurz nach vier. Genau eine Stunde später fand man ihn im Paternoster, wo er noch vor dem Eintreffen des Notarztes starb."

Wegener blätterte im Bericht der Gerichtsmedizin, der ihm am Morgen auf den Tisch geflattert war.

„Der Tod ist wenige Minuten nach fünf eingetreten, schreiben die Medizinmänner, und wenige Minuten vorher herbeigeführt worden. Durch einen Schlag auf den Kopf. Mit einem kurzen, stumpfen Gegenstand."

Heinz Erhardt fragte: „Wieso kurz?"

Wegener ließ sich Zeit mit der Antwort und sah in die fragenden Kinderaugen.

„Schon mal Paternoster gefahren?"

Stereo-Kopfnicken gegenüber.

„Die Kabinen sind viel zu eng, um mit einer langen Stange auszuholen."

Meier II kaute eine Weile auf dieser Erkenntnis herum.

„Mord im Paternoster", kicherte er. „Warum ausgerechnet da? Kann doch in jedem Stockwerk einer zusteigen."

„Erstens ist das Rathaus um fünf entvölkert und zweitens . . ." Wegener fischte ein Taschentuch aus seiner Mappe. „Haben Sie schon mal was von Böll gelesen?"

Die Dicken drucksten. Meier II mußte gerade jetzt seine Nase einmal gründlich säubern.

„Dr. Murkes gesammeltes Schweigen", sagte Wegener und löste damit beim Kripo-Chef einen Lachanfall aus.

Wegener suchte die Stelle, die die Erinnerung ihm gestern abend, kurz vor dem Einschlafen, aus den Tiefen seiner Schuljahre ins Bewußtsein gespült hatte.

*Er sprang in den Paternosteraufzug, stieg aber nicht im zweiten Stockwerk, wo sein Büro lag, aus, sondern ließ sich höher tragen, am dritten, am vierten, am fünften Stockwerk vorbei, und jedesmal befiel ihn Angst, wenn die Plattform der Aufzugskabine sich über den Flur des fünften Stockwerks hinweg erhob, die Kabine sich knirschend in den Leerraum schob, wo geölte Ketten, mit Fett beschmierte Stangen, ächzendes Eisenwerk die Kabine aus der Auswärts- in die Abwärtsrichtung schoben, und Murke starrte voller Angst auf diese einzige unverputzte Stelle des Funkhauses, atmete auf, wenn die Kabine sich zurechtgerückt, die Schleuse passiert und sich wieder eingereiht hatte und langsam nach unten sank.*

Andächtig hatten die beiden zugehört, ihre Lippen umspielte schöngeistiges Lächeln.

„Sehen Sie, meine Herren, es gibt auch im Paternoster eine unbeobachtete Stelle“, sagte Wegener.

Eigentlich sogar zwei, dachte er, denn die gleiche Prozedur findet auch im Keller statt. Aber er hielt den Mund, um seine Gesprächspartner nicht zu überfordern. Auf die wichtigsten Fragen kamen die ohnehin nicht. Zum Beispiel die: Warum ist Bäcker überhaupt mit dem Paternoster am anderen Ende des Rathauses gefahren? Aus seinem Büro im zweiten Stock des Bauamtes ist er runter zum Eingang und hat seine Uhr abgestellt. Und dann? Wieso ist er nicht die paar Schritte zur Glastür gegangen und ab die Post zur Mama ins Reihenhaus? Wie kam er eine Stunde später in den Paternoster? Durch den Verbindungsgang zwischen Bauamt und Rathaus oder außen rum? Was hat er in der Zwischenzeit gemacht? Jemand im Rathaus besucht und von da aus runter? Oder etwas in der Stadt erledigt und dann noch mal durchs Rathaus zurück, weil am Bauamt schon zu war?

Unwahrscheinlich das letzte. Wie Bäcker verpackt war,

hätte er seine Uhr laufen lassen. Und zum Abstellen wäre er nicht mehr gekommen.

Wegener blickte auf.

Von keinem Gedanken angekränkelt saßen ihm die beiden gegenüber und warteten, daß er weitermachte.

„Möller und Heret überprüfen die Leute, mit denen sich Bäcker beim Beiträgekassieren angelegt hat", sagte er, „und ich will nochmal zu seiner Witwe. Am Nachmittag hab ich dann ein Rendezvous mit den fünfzig Putzfrauen, die für Sauberkeit im Rathaus sorgen."

Heinz Erhardt sagte: „Sie sind mir aber ein Schelm!" und meinte es ernst.

Meier II fragte: „Brauchen Sie Verstärkung von uns?" und meinte es leider auch ernst.

Wegener schüttelte den Kopf.

„Wenn wir eine heiße Spur haben, komme ich gern auf Ihr Angebot zurück", schmeichelte er dem Staatsanwalt, und, an seinen Chef gewandt: „Falls nichts Dringendes mehr anliegt, würde ich gern an die Arbeit."

Der hielt ihm seine Hand über den Tisch.

„Weiter so, Wegener", röhrte er und: „Sie finden ja allein heraus?"

Der Tag lief weiter, wie er begonnen hatte. Die Witwe ließ sich nicht ausholen. Ihre finanziellen Verhältnisse seien in Ordnung, sagte sie. Er werde das nachprüfen, antwortete Wegener. Zur Tatzeit sei sie in der Tropen-Sauna an der Wasserstraße gewesen, gab sie an.

Das Alibi war wasserdicht. Die kleine Schwarze in der Sauna, Barfrau und Kassiererin zugleich, erinnerte sich, fand nach einigem Suchen sogar noch ihre Verzehrkarte. Mit sechs Campari-Orange hatte die Witwe versucht, den Flüssigkeitsverlust wettzumachen. Allein war sie gewesen. Frau Bäcker kam immer allein. Und blieb es auch. Hier und da mal ein Flirt. Das gehört zur Sauna. Aber nichts Ernstes. Sagte die kleine Schwarze.

Heret und Möller waren ähnlich erfolgreich gewesen.

Das Vorortkino hatte den Besitzer gewechselt. Nicht das Programm. Es lief *Schulmädchenreport 16. Teil.* Mit türkischen Untertiteln.

Wo sein Vorgänger geblieben war, konnte der schnauzbärtige Cineast nicht sagen.

Den aufmüpfigen Laubenpieper hatte die Firma Oliver & Söhne wegen Auftragsmangels rausgeschmissen. Er hockte in seiner Bude vor der Kiste, von Testbild zu Testbild. Sein Alibi war nicht schlecht. Er hatte die *Sendung mit der Maus* gesehen und erinnerte sich an jeden Beitrag. Genau wie Möller.

Von den übrigen sechs hatten sie drei nicht angetroffen. Wegener scheuchte die beiden noch mal raus und machte sich nach einem Kaffee zum Rathaus auf.

Die Uhr schlug fünf, als er dort ankam. Nur der Hintereingang der grauen Steinburg war noch offen. Das Glockenspiel schepperte undefinierbares Liedgut.

Wegener nahm den Paternoster, stieg aber nicht im zweiten Stockwerk aus, wo die Putzfrauen auf ihn warteten, sondern ließ sich höher tragen, am dritten, am vierten – leider gab es keinen fünften – vorbei, und es befiel ihn Angst, als die Plattform der Aufzugskabine sich über den Flur des vierten Stockwerks hinweg erhob, die Kabine knirschend in den Leerraum schob.

Wegener war enttäuscht. Statt geölter Ketten, mit Fett beschmierter Stangen, ächzendem Eisenwerk und unverputzter Stellen eine graue Wand voll hastiger Kindersprüche. Er atmete auf, als die Kabine sich zurechtgerückt, die Schleuse passiert, sich wieder eingereiht hatte und langsam nach unten sank.

Fast wäre er im zweiten abgesprungen, heiter und gelassen, aber da stand ein Putzeimer im Weg, und dann fiel ihm das andere Ende ein. Er ließ sich hinuntertragen, am ersten Stockwerk, am Erdgeschoß und am Keller vorbei. Wieder kein ächzendes Eisenwerk. Nur etwas angetrocknetes Blut, von dem nichts im Bericht der Spurensicherung stand. Die Beamten würden morgen eine Weile Treppen steigen müssen.

Die Putzfrauen gaben nichts her. Keine erkannte Bäcker auf dem Bild, das Wegener rumreichte.

Bei ihrer Filiale im Bauamt hatte er mehr Glück. Eine um die vierzig, mit schwarzem Flaum unter Nase und Mund, erinnerte sich.

„Ich hab ihm gesehn", orgelte sie. „An den Tag, wo er umgekommen is. Auffe Treppe kam er mir entgegengerannt. Ich sach noch so: Hamse wat vergessen, Herr Bäkker? Aber der war nich zu bremsen. Fegte den Flur hoch, als wenn der Deibel hinter ihm her wär."

„Er lief die Treppen rauf?"

„Sach ich doch gerade. Deshalb is mir dat doch aufgefallen. Wenn einer um halb fünf die Treppen runterrennt, is dat ziemlich normal. Wenn Feierabend is, können die Herrschaften gar nich schnell genug wegkommen. Musse beim Treppenputzen richtig aufpassen, dasse dich nich umrennen."

„Wo ist Bäcker Ihnen denn begegnet?"

„Vorm ersten Stock. Ich war gerade mitte Treppe fertig und wollt nach oben fahrn."

„Können Sie sich noch erinnern, was er anhatte?"

„Sein Wintermantel mit Fell drin. War doch so kalt an den Tag."

„Sie sagten gerade: Er rannte die Treppen hoch, als ob der Teufel hinter ihm her wäre. War denn jemand hinter ihm her?"

Die Putzfrau sah ihn entgeistert an.

„Meinen Sie der Mörder?"

„Ich meine gar nichts. Ich hab nur gefragt."

„Ich bin sofort danach im Aufzug gestiegen. Aber eigentlich kann da keiner gewesen sein."

„Warum nicht?"

„Weil die Tür um die Zeit von außen schon zu is, damit keine Leute mehr kommen. Nur von innen geht se noch auf, damit die Herren rauskönnen."

Mehr war aus der Frau nicht rauszukriegen. Fürs erste reichte es aber auch.

Wegener irrte über den verschachtelten Flur zum Treppenhaus. Durch die Milchglasscheibe von Zimmer 256 fiel Licht in den engen Gang. Er schaute hinein.

„So spät noch eifrig?"

Fuchs sah von seinem als Fotozeitschrift getarnten Pin-Up-Blatt auf.

„Die Zeit läuft", sagte er.

„Verpassen Sie den Abpfiff nicht. Ist schon zwanzig vor sechs."

Der Junge ließ das Mädchen in der Schublade verschwinden.

„Hier hat noch keiner den Feierabend verschlafen", konterte er und begann, seinen Schreibtisch abzuräumen.

„Welchen Ausgang hat Bäcker eigentlich benutzt, wenn er nach Hause ging?"

Der Junge sah ihn erstaunt an.

„Den unten im Erdgeschoß."

„Vom Tiefbauamt?"

„Natürlich. Sein Wagen stand doch immer auf dem Parkplatz drüben."

Fuchs zeigte aus dem Fenster.

„Aber am Tag, an dem er starb, benutzte er den am anderen Ende des Rathauses. Warum?"

Fuchs schwieg. Sein Schreibtisch war jetzt leer. Er saß dahinter und wartete.

„Weil vor dem Tiefbauamt jemand wartete, vor dem er Angst hatte."

Wegener beobachtete das Gesicht seines Gegenübers. Er zeigte keine Reaktionen.

„Er hat unten im Flur seine Uhr abgestellt, durch die Glastür seinen Mörder auf ihn warten sehen und ist wieder nach oben gerannt. Hat versucht, durchs Rathaus zu entkommen. Wollte durch den Nebeneingang an der Hans-Böckler-Straße raus. Aber der andere war genauso schlau. hat da auf ihn gewartet. Bäcker sieht ihn, rennt zurück in den Paternoster. Der andere hinterher. Springt in die Kabine und schlägt ihn nieder."

„Dann muß der Mann sich aber gut im Rathaus ausgekannt haben."

Wegener nickte.

„Bäcker war früher beim Ordnungsamt", dachte er laut. „Was hat er da eigentlich gemacht?"

„Geisteskranke nach Eickelborn gebracht", antwortete Fuchs. „Zwangsweise."

## 7

Karl Altenscheidt war einundvierzig, als er zum ersten Mal aktenkundig wurde. Seine Frau Gerda gab beim Ordnungsamt zu Protokoll, er habe sie im Rausch geschlagen, gewürgt und gedroht, sie umzubringen, *falls sie nur ein Sterbenswörtchen darüber verliere.*

Der Hausarzt attestierte Frau Altenscheidt Blutergüsse unter dem rechten Auge, auf Brust und Armen, dazu Würgemale am Hals.

Altenscheidt arbeitete als Handlanger auf dem Bau, wenn er arbeitete. Zur Arbeit ging er nur, wenn er nüchtern war. Nüchtern war er, wenn er kein Geld hatte. Der Krauter, der das mit sich machen ließ, hieß Wust. „Ein guter Handlanger muß saufen", sagte er und zahlte Altenscheidt wöchentlich Abschlag.

Für Nachschub war also gesorgt. Altenscheidt soff weiter. Als seine Frau im Streit herausschrie, sie sei beim Ordnungsamt gewesen und die würden ihn schon dahin bringen, wo er hingehöre, nach Eickelborn, klinkte Altenscheidt aus.

Zunächst zerkleinerte er das Mobiliar der Wohnküche, wozu er keine anderen Werkzeuge benötigte als seine Handkanten.

Anschließend trieb er seine Frau mit dem Brotmesser durch die Wohnung. Die von den Nachbarn alarmierte

Polizei verhinderte das Schlimmste. Drei Streifenwagenbesatzungen fingen Altenscheidt ein, brachten ihn vorerst in die Gummizelle des evangelischen Krankenhauses, wo er blieb, bis der Unterbringungsbeschluß des Amtsgerichts vorlag. Für den Abtransport nach Eickelborn waren die Psych-KG-Leute vom Ordnungsamt zuständig. Weil der Arzt weder mit Gewalt noch gutem Zureden mit der Valium-Spritze an ihn rankam, brachten sie Altenscheidt an die Trage gefesselt ins Landeskrankenhaus.

Dem Chef des Transports drohte er zum Abschied: „Wenn ich hier rauskomm, beiß ich dir die Kehle durch."

Die Unterbringung leitete der achtunddreißigjährige Stadtoberinspektor Gerd Bäcker.

Wegener liebte Luftstarts. Von Null auf Hundert in wenigen Sekunden.

Anruf im Westfälischen Landeskrankenhaus Eickelborn: Karl Altenscheidt am 20. Dezember auf Weihnachtsurlaub nach Hause entlassen. Bisher nicht zurückgekehrt.

Anruf bei Gerda Altenscheidt: Mann am 10. Januar mit Köfferchen zurück nach Eickelborn. Harmonische Feiertage.

Anruf bei der Baufirma Wust: Altenscheidt nicht aufgetaucht.

Anruf im Präsidium: Fotos und exakte Personenbeschreibung von Altenscheidt besorgen.

Dann war er auf der Straße und quälte seinen BMW durch die rauskommende Mittagschicht vom Opel-Werk Richtung Dortmund. Der Verkehr auf der B 1 glitt leidlich, die schlimmsten Dauerbaustellen hinter der Westfalenhalle waren verschwunden, vorbei an englischen Kasernen und am Landeskrankenhaus Aplerbeck, in das sie die Verrückten gebracht hatten, als Wegener noch zur Schule ging.

Dann war das Revier zu Ende. Unna tat nur so, als ob es dazu gehörte.

Er verließ die Autobahn kurz hinter Soest. Die Landstraße durchschnitt winterstarres Hügelland, ein paar Dörfer in den Mulden. Bettinghausen, Ostinghausen, Eickelborn.

Er fand einen Parkplatz an der Hauptstraße und ging rüber zum Konsum, um Zigaretten zu kaufen. An Tagen wie diesem rauchte er. Vor ihm an der Kasse hing ein blondes Bürschchen über dem Einkaufswagen.

„Was machst du eigentlich mit dem ganzen Zeug, Ulli?" fragte die Kassiererin.

Der Junge packte an die zwanzig Dosen Deo-Spray aufs Band.

„Sprühen", fistelte er, „mein Zimmer." Er drehte sich Wegener zu und knibbelte mit den Augen. „Das mach ich gegen die Bakterien. Sonst hätt ich Angst, daß ich krank werden könnte."

Ulli zahlte 72 Mark 68.

„Ich fürchte nur, daß die meine Sprüherei als Krankheit ansehen", sagte er und huschte nach draußen.

Vor der Tür steckte Wegener sich eine an. Er sog den Schwindel bis in die Zehen. Reichlich Betrieb für eine westfälische Dorfstraße. Ein schwindsüchtiger Asphaltcowboy kam, einen Haufen Scene-Blätter unterm Arm, aus dem Zeitungslädchen. Ein Pärchen mit vom Alkohol zerstörten Gesichtern flanierte zur Kneipe an der Ecke. Das ganze Dorf lebte von den Verrückten.

Die Anstalt lag außerhalb.

Mit dem Dienstausweis überwand Wegener im Wagen die erste Kontrolle. Drinnen ist es genau wie draußen, hatten sie ihm beim Ordnungsamt gesagt, nur anders. Wie im Knast, fand Wegener. Langgestreckte Gebäude, unverputzt, die Fensterreihen mit den halbrunden Oberlichtern vergittert. Der Pfleger, der ihn am Eingang der geschlossenen Abteilung abholte, empfing ihn mit einem Redeschwall.

„Seit hundert Jahren werden hier Geisteskranke verwahrt, Triebtäter, Vatermörder, Notzüchter. Der Jürgen Bartsch ist hier bei der Kastration gestorben. Nirgendwo in

Deutschland leben so viele psychisch kranke Rechtsbrecher auf einem Haufen."

Der Mann hätte Fremdenführer werden sollen, dachte Wegener und trabte hinterher.

„Da drüben liegt Männer 4 B."

Mit seinem zugewachsenen Gesicht wies der Pfleger auf einen Backsteinblock an der Mauer. Von der Rückfront des Baus drangen Schreie herüber.

Wegener sah den Bärtigen fragend an.

Der sagte: „Sporttherapie" und führte ihn zum Hinterhof.

Auf dem abgewetzten Rasenstück zwischen Hauswand und Außenmauer jagten zehn Männer in Turnzeug einen Fußball von Tor zu Tor. Andere hingen innen an den Gittern. Sie begleiteten die Aktionen geräuschvoll. Als der Wart des hinteren quergestreiften Tores beim Abschlag den Ball auf das Dach der meterhohen Mauer drosch, gröhlten Publikum und Spieler wie verrückt.

Zwei machten Räuberleiter. Einer kletterte auf die Schultern des Keepers und schwang sich nach oben. Der Ball war über den First auf die andere Seite des Daches gerollt. Der Fußballer balancierte hinüber, erschien nach zehn Sekunden wieder, das Leder unterm Arm.

„The show must go on", kommentierte der Pfleger.

Drinnen war es wie im Zoo: seltene Lebewesen hautnah. Über den gefliesten Flur schlurfte eine Gestalt auf sie zu.

„Was ist das denn?" fragte der Pfleger. Er zupfte an dem weißen Laken, das der Patient um seine Körper geschlungen hatte. Der Angesprochene sah durch ihn hindurch.

„Vom Schaf ein Fell", hauchte er.

Im Tagesraum von Männer 4 B lärmte ein Radio, Patienten schrien, Pfleger brüllten zurück. In einer Ecke, auf braunen Plastiksesseln, saßen zwei Frauen mit einer Handvoll Kranken beim Tee. Einen kannte Wegener. Der Junge, der zusammengesunken auf dem Stuhl hockte, den Rundrücken über der Lehne, den Kopf vorgestreckt, Stielaugen auf die Brüste der Frauen, war Ulli mit dem Deo-

Spray. Er trug ein Sweat-Shirt mit dem Jägermeister-Hirschen, die fleckigen Hosenbeine mündeten in karierte Kamelhaar-Puschen. Sein schmaler Kindermund lächelte, wenn die blonde Frau sprach.

Wegener deutete auf den Kranken. „Warum darf der draußen im Dorf rumlaufen", fragte er halblaut.

Unter der Behaarung des Pflegers grinste es. „Das fragen Sie am besten die Stationsleiterin."

Er trat in die Teerunde und flüsterte mit der Blonden. Sie nickte zweimal und sah Wegener über die Schulter an. Fast gleichzeitig fuhren die Köpfe der Patienten herum. Sie starrten ihn an. Mit tranigen Augen der eine, dessen Mundwinkel wie chinesische Schnäuzerenden herabhingen; bohrend der andere mit dem verbeulten Kopf und den widerspenstigen Stehhaaren. Einer stand auf, zuckelte auf Wegener zu, eine Plastiktüte in der Hand.

„Da sind meine Unterlagen drin."

Er zog einen Stapel Papier aus der Tüte und hielt ihn Wegener hin.

„Die habe ich gerade dem Gericht geschickt. Ich bin nämlich ein Justizirrtum."

Wegener sah hilfesuchend zum Pfleger.

„Steck mal weg, Erwin", sagte der, legte dem einen Kopf kleineren Mann seinen Arm um die Schulter und bugsierte ihn auf seinen Platz zurück.

Die Stationsleiterin stand auf und übergab ihrer Kollegin die Gesprächsleitung.

Jetzt war Wegener mit dem Starren an der Reihe. Die Frau war gut einssiebzig, kräftig. Ihr Gesicht, mit runden Wangen, Grübchen und Schmollmund – eigentlich zu süß für seinen Geschmack – wirkte abgespannt. Dunkle Schatten fraßen am Glanz ihrer Augen. Das Begrüßungslächeln fiel mager aus.

„Guten Tag, mein Name ist Mertmann", sagte sie in demselben ruhigen Tonfall wie vorher bei den Patienten.

Wegener schüttelte ihre Hand. Sie war kräftig und kalt. Er zeigte den Dienstausweis.

„Ich komme wegen Altenscheidt“, begann er und sah sich um. Ein glatzköpfiger Patient schlich um sie herum. Der Pfleger führte ihn weg.

„Kommen Sie“, sagte die Stationsleiterin und ging voraus. Ihr Bauernkittel war zu weit, um ihn mehr von ihrem Hintern mitkriegen zu lassen als eine runde Ahnung.

Die Küche war hoch, leer und kalt wie eine Kirche. Sie setzten sich an den Tisch mit der geblümten Wachstuchdecke unter den vergitterten Fensterflügeln. An der Wand brüllte die Spülmaschine. Kachelboden und Fliesenwände spielten Ping-Pong mit dem Lärm.

Die Frau stoppte die Maschine, schloß ein Oberlicht und setzte sich wieder. Wegener fingerte an der Zigarettenschachtel, hielt ihr die halbherausgezogenen Marlboro hin.

Sie rauchten.

Am Telefon hatte er sie kurz informiert. Jetzt berichtete er ausführlich, was in Bochum passiert war. Sie hörte schweigend zu, der rotlackierte Nagel ihres Zeigefingers fuhr dabei die Muster der Tischdecke ab.

„Und nun meinen Sie, Altenscheidt wär's gewesen?“ fragte sie, als er fertig war.

Wegener schüttelte den Kopf.

„Ich meine gar nichts. Noch nicht. Ich würde ihn gern fragen, was er am 14. Januar nachmittags um fünf gemacht hat. Dazu muß ich ihn erst mal finden. Und solange ich ihn nicht habe, nehme ich mit Ihnen vorlieb.“

Er verzog die Lippen zu einem spitzen Lächeln.

„Am besten, Sie erzählen mir von ihm. Was er gemacht hat und warum Sie ihn laufenließen.“

Den letzten Halbsatz betonte er nicht anders als den Rest.

Sie verstand ihn auch so. „Altenscheidt sollte im Februar auf die halboffene Station“, versetzte sie. „Er war hier so was sie ein Musterpatient, Stationssprecher, Ordnungsfaktor.“

„Das müssen Sie mir erklären.“

„Als er eingeliefert wurde, spielte Altenscheidt den wilden Mann. Damals wurde hier noch viel gespritzt. ‚Wenn Sie mich mit dem Zeug fertigmachen wollen, bringen Sie am besten ein Dutzend Pfleger mit', hat er meinen Vorgänger angeschrien. ‚Dem ersten, der mich anpackt, schlag ich jeden Knochen einzeln kaputt.' – Sie ließen ihn in Ruhe. Als ich vor einem Jahr herkam, lag das Schlimmste schon hinter ihm. Der Alkoholentzug war gelaufen, er arbeitete täglich acht Stunden für vierzig Mark im Monat."

Sie quetschte die Zigarettenkippe in den Ascher, als sei die für den Lohn verantwortlich.

„Hier auf Männer 4 B geht es nicht besonders sanft zu. Nachts schleichen Patienten durch die Station, überfallen andere. Die Starken toben sich an den Schwachen aus, schlagen sie brutal zusammen. Einer wie Altenscheidt ist da Gold wert. Er ist nicht viel größer als ich, aber dreimal so breit. Wenn die Bullen der Abteilung randalierten, war er zur Stelle."

Sie nahm sich noch eine von seinen Zigaretten. Wegener sah zu, wie der halbe Filter zwischen ihren aufgeworfenen Lippen verschwand.

Da saß er mit der Leiterin der Station zusammen, einer Diplom-Psychologin, und die erzählte ihm, dem Kripomann, Geschichten von Mord und Totschlag.

„Behandeln Sie Ihre Patienten zwischendurch auch?" fragte er.

Die Frau zog die Brauen hoch.

„Früher", dehnte sie, und ihre Augen brannten ihm Löcher in den Pelz, „früher wurden hier Verrückte eingesperrt. Heute haben wir ein neues Direktorium und eine Menge guter Vorsätze. Ein therapeutisches Milieu soll geschaffen werden, aber Geld darf es nicht kosten. Deshalb hat man erstmal die Namen geändert. Das Fußballspiel haben Sie ja schon gesehen. Das heißt jetzt Sporttherapie. Wenn die Patienten aus Langeweile Skat kloppen, dann ist das Spieltherapie. Basteln heißt Beschäftigungstherapie, Singen Musiktherapie. Nur noch eine Frage der

Zeit, wann die Nachtruhe in Schlaftherapie umbenannt wird."

Sie fuhr mit den Händen durch ihr schulterlanges Haar in die Nackenmuskeln, drückte den Kopf nach hinten.

„Ich arbeite jeden Tag zehn bis zwölf Stunden. Acht bekomme ich bezahlt. Die meiste Zeit geht für Gespräche mit den Patienten drauf. Gesprächstherapie", schnaubte sie.

„Was machte Altenscheidt für einen Eindruck auf Sie. Halten Sie es für möglich, daß er Bäcker ermordet hat?"

„Im persönlichen Gespräch kam er mir sehr vernünftig vor. Seine Frau hat ihn häufig besucht. Deshalb durfte er Weihnachten zu ihr."

„Aber Altenscheidt ist nicht zurückgekommen, bei seiner Frau ist er nicht, und der Mann, der ihn hierher brachte, ist wie angekündigt tot. Nochmal meine Frage: Halten Sie es für möglich, daß er Bäcker ermordet hat?"

„Möglich", sagte sie, „möglich ist in der Psychiatrie alles. Unser Dilemma hat ein amerikanischer Kollege auf den Punkt gebracht. Die Hälfte seiner Patienten könne er entlassen, hat der gesagt. Er wisse bloß nicht, welche Hälfte."

8

# Im Paternoster geköpft: Polizei jagt Bestie

VON HANS ESSER*

**Bochum, 21. Januar**

**„Wenn ich hier rauskomm, beiß ich dir die Kehle durch", drohte der Bochumer Maurer Karl Altenscheidt (43), als Beamte des Ordnungsamtes den geistesgestörten Alkoholiker vor zwei Jahren ins Landeskrankenhaus Eickelborn schafften. Der Grund der Einweisung: Altenscheidt hatte im Suff immer wieder seine Frau verprügelt. Als er sie schließlich mit dem Brotmesser verfolgte, alarmierten Nachbarn die Polizei. Der Mann, der den irren Maurer nach Eickelborn brachte, ist inzwischen tot: Gerd Bäcker (41), Stadtamtmann, seit zwanzig Jahren glücklich verheiratet und Vater einer Tochter, die noch studiert, wurde vor einer Woche im Paternoster des Bochumer Rathauses gefunden. Enthauptet!**

Der Mörder hatte ihn niedergeschlagen und den Kopf zwischen Kabine und Flur abgetrennt. Hat Altenscheidt so sein Versprechen eingelöst?
Vor Weihnachten hatte man ihm in Eickelborn über die Jahreswende Urlaub gegeben.
Gerda Altenscheidt: „Mein Mann war wie ausgewechselt, als er am Heiligen Abend nach Hause kam. So

* Als Mann, der bei Bild Hans Esser war, habe ich meine Erfahrungen mit der Art von Journalismus, die dort gepflegt wird, in diesen Artikel eingebracht.
Als Hans Esser bin ich solchen scharfmacherischen Stories aus dem Wege gegangen.

*Günter Wallraff*

friedlich. Wir haben ruhige Feiertage gehabt."
Frau Altenscheidt hat ihren Mann am Tag vor dem grauenhaften Mord zum Bahnhof gebracht. „Er war so traurig, weil er wieder in die Anstalt mußte."
In Eickelborn ist Altenscheidt nie angekommen.
„Dabei sollte er doch auf die halboffene Station verlegt werden", wundert sich Angelika Mertmann, Leiterin der geschlossenen Männerstation 4 B.
„Der blonde Engel", wie die Irren sie liebevoll nennen, ist ratlos.
„Wen soll ich denn eigentlich noch rauslassen?" fragt sich die sechsunddreißigjährige Diplom-Psychologin. Für sie war Altenscheidt ein Musterpatient.
Andere sehen das anders.
Wie wir aus Anstaltskreisen erfuhren, war der bärenstarke Maurer auch auf der Station mit den Fäusten schnell bei der Hand.
Trotzdem bekam er Urlaub. Hat er auch den „blonden Engel" bedroht?
**Jedenfalls ist Stadtamtmann Bäcker tot. Und die Kripo macht Jagd auf die Bestie von Bochum.**

„Atze, ich werd' verrückt."

Erwin Cybulla rutschte beim Lesen von einer Backe auf die andere. Sein massiger Körper brachte den Streifenwagen ins Schaukeln.

Artur Schwandt glotzte seinen Kollegen von der Seite an und kaute weiter. Mühsam malmte er das Vollkornbrot mit seinem leicht vorspringenden Unterkiefer, polkte mit den Fingernägeln Fetzen des Belags – der Farbe nach war es roher Schinken – aus seinem lückenhaften Gebiß.

Erst als die ganze Schnitte zwischen seinen wulstigen Lippen verschwunden und das Butterbrotpapier glattgestrichen war, reagierte er.

„Zeig mal her!"

Cybulla übergab ihm die aufgeschlagene ZEITUNG. Schwandt buchstabierte sich durch den Artikel.

„Mensch, Erwin, dat ist ja der, den wir damals weggebracht haben!"

Cybulla nickte. Bauch und Auto wabbelten. Er sagte: „Im Wolfsfeld 157."

Schwandt verzog das Gesicht. Sie waren als erste in der Wohnung gewesen, als Altenscheidt ausklinkte.

„Wo der sich jetzt wohl rumtreibt?" dachte er laut.

„Bei seiner Alten. Wo denn sonst?" gab Cybulla zurück.

Er nahm Schwandt die ZEITUNG wieder ab und stöberte mit dem Zeigefinger durch den Artikel.

„Wir haben schöne Feiertage gehabt", äffte er eine Frauenstimme nach, ballte die Faust, schob den Daumen zwischen Zeige- und Mittelfinger.

Schwandt griente.

Cybulla faltete die ZEITUNG zusammen. Er startete den grün-weißen Variant, wendete auf dem Parkplatz des verlassenen Ausflugslokals, das sie Café Arschloch nannten, kurvte durch das Hörsterholz. Wo sich die schmale Asphaltstraße weitete, gab er Gas. Hinter den Hecken flitzten die Zechenhäuser der Eiberger Straße vorbei.

Am Dahlhauser Bahnhof mußte er halten. Ein Bagger wühlte in den Eingeweiden des Bahndamms, der den Stadtteil durchschnitt. Schaufel um Schaufel riß das Ungetüm aus der Böschung. Vor ihnen hupten wartende Wagen. Als der Aushub auf dem Kipper fast überquoll, räumte der Bagger die Straße. Die Autos huschten vorbei. Eine graue Abgasfahne hinter sich herziehend, bretterte der Streifenwagen die Keilstraße hinauf.

„Erwin, wo willst du hin?" Schwandt stieß seinen Kollegen in die Rippen. Wenn er aufgeregt war, stand sein Unterkiefer noch zwei Zentimeter weiter vor.

„Paß auf, daß es nicht reinregnet", sagte Cybulla, ohne den Blick von der Straße zu nehmen. Sie fuhren schon lange zusammen Streife.

Cybula bog links in Richtung Hang.

„Nur mal gucken", sagte er und stoppte kurz vor der kleinen Kreuzung. Dahinter zog sich eine Reihe dreistöckiger Backsteinbauten hin, einer so schmucklos wie der andere.

„Wo war das nochmal?“ fragte Cybulla.
„Im dritten oder vierten Haus?“
Mit einem Bein stand er schon auf der Straße.
Schwandt sagte: „Im fünften unten rechts“, und blieb sitzen.
„Komm, Atze, nur mal gucken.“
Schnaufend wuchtete Cybulla sich aus dem Auto, schlug die Tür zu. Er schob seine kugelige Gestalt über die Kreuzung, ohne weiter auf Schwandt zu achten. Der kam schon von allein.
Am vierten Haus stand die Seitentür offen.
Cybulla ging hinein. Der feuchte Modergeruch des Altbaus hatte sich mit atemberaubendem Knoblauchduft vermählt.
Cybulla schellte an der ersten Tür. Jemand schlurfte durch die Wohnung. Die Tür öffnete sich eine Handbreit. Knapp über der Türklinke erschien ein Kopftuch.
Cybulla verdreht die Augen.
„Ich Polizei“, begann er und steckte den Zeigefinger bis zum Anschlag in seinen Bauch. „Du wissen, ob Mann von Frau Altenscheidt zu Hause?“
Aus dem Türspalt sahen ihn schwarze Augen fragend an.
„Mann von nebenan nicht da?“ versuchte Cybulla es nochmal.
„Mann plem-plem“, stieß die Frau hervor, stierte flakkernd in Richtung Tür, grimassierte und tippte sich dabei an die Stirn.
Begleitet von einem spitzen Schrei klatschte die Tür ins Schloß.
An der Hausecke stand Schwandt. Er schielte in die Straße.
Als Cybulla ihm die Hand auf die Schulter legte, fuhr er herum. Cybulla grinste.
Vorsichtig näherten sie sich dem nächsten Haus.
»Halt die Tür im Auge, Atze!“
Bevor Schwandt widersprechen konnte, zog Cybulla den Kopf ein und huschte unter den Fenstern entlang. Vor dem

letzten bremste er, richtete sich auf und schob ein Auge um die Ecke.

In der Wohnküche brannte Licht.

Rechts verdeckte ein weißer Küchenschrank die großgemusterte Tapete, gegenüber Spülstein, Herd und Kühlschrank. An der Eckbank im Hintergrund hockte die Altenscheidt und schälte Kartoffeln. Sie hatte eine Zeitung auf ihrem Schoß, in die sie die Schalen fallen ließ. Platschend flog eine Kartoffel nach der anderen in den Topf.

Von ihrem Mann keine Spur.

Cybulla überlegte nicht lange. Mit der Walter pochte er fest gegen die Scheibe. Die Frau ließ eine halbgeschälte Kartoffel fallen, sprang auf und rannte ans Fenster. Die Schalen ringelten sich am Boden. Als sie den Kopf zum Fenster rausstreckte, hielt Cybulla ihr die Walter unter die Nase.

Sie fuhr zurück.

„Mein Mann ist nicht da", kreischte sie und schlug das Fenster zu.

Cybulla plumpste von dem Mauervorsprung, auf den er sich gestellt hatte, um besser sehen zu können.

Seine Handflächen ratschten an den unverputzten Ziegeln entlang. Die Fußgelenke ächzten beim Aufprall seiner siebenundneunzig Kilo. Humpelnd hetzte er zum Eingang.

„Atze, paß auf!" schrie er schon vor der Ecke.

Schwandt hörte ihn nicht. Er war ums Haus geschlichen, an den halbverfallenen Stallungen vorbei. Der Hintereingang war unverschlossen. Schwandt drückte die Klinke sacht herunter und schob sich durch die Tür.

Unter der Treppe, im Gestank des Etagenklos, blieb er stehen und hielt die Wohnungstür im Auge.

Ob Schwandt einen Moment nicht aufgepaßt hatte, daran konnte er sich später, als der Oberkommissar ihn im Krankenhaus besuchte, nicht mehr erinnern. Es ging alles zu schnell.

Altenscheidt nahm die halbe Treppe zwischen Wohnungstür und Hinterausgang mit einem Satz, bemerkte ihn in seiner Ecke zwischen Toilette und Kellerabgang, riß die Hintertür auf und schlug sie mit aller Macht gegen den Polizisten. Das massive Holz donnerte ihm gegen Kniescheiben, Arme und Unterkiefer.

Schwandt taumelte rücklings vor die Toilette.

Dort erwischte ihn die Tür zum zweitenmal. Der Maurer warf sich mit dem ganzen Körper dagegen. Schwandt kam nicht weg. Er hörte, wie es in seinem Brustkorb knackte.

Er schrie, schrie auch, als der Druck nachließ, schrie noch, als Cybulla vor ihm stand.

Altenscheidt war weg.

Cybulla suchte noch eine Zeit das Gewirr der Gänge zwischen Häusern, Ställen und Gärten ab. Ohne Erfolg.

Schließlich gab er auf. Mißmutig watschelte er zum Wagen, machte Meldung bei der Leitstelle und orderte einen Krankenwagen.

Eine halbe Stunde später traf Wegener ein.

Der Bürgersteig vor Haus Nummer 157 ähnelte inzwischen dem Basar einer anatolischen Kleinstadt.

Männer mit jeder denkbaren Art von Schnäuzer gestikulierten, Frauen in großblumigen Pluderhosen standen abseits und schwatzten. Die Deutschen aus den Einfamilienhäusern gegenüber lagen verschüchtert in den Fenstern. Schwandt war vor ein paar Minuten weggebracht worden. Cybulla lehnte im Hausflur und rauchte. Wegener hörte sich an, was er zu erzählen hatte, und ging dann in die Wohnung.

Die Frau saß am Küchentisch und flennte. Nachts habe sie wachgelegen, schniefte sie, und sei erst am Morgen eingenickt. Irgendwann müsse ihr Mann gekommen sein, er habe ja noch einen Schlüssel. Um neun, als sie aufwachte, habe er neben ihr gelegen. Sie sei aufgestanden und habe ihn schlafen lassen. Er sah so müde aus. Nach dem Einkaufen habe sie mit dem Essenkochen angefangen und wollte gerade gucken, ob er noch schliefe, als es am Fenster klopfte.

Wegener nahm sie in die Mangel. Versuchte es mit allen Tricks. Die Frau blieb bei ihrer Geschichte.

Nein, mit ihrem Mann habe sie kein Wort gewechselt. Wo er die letzte Woche gewesen sei, wisse sie nicht. Undsoweiter.

Nach einer dreiviertel Stunde glaubte Wegener ihr.

Es gibt Menschen, die sind zu dumm zum Lügen.

Draußen war der Bus mit den Hunden eingetroffen. Altenscheidts Frau mußte eine Jacke, die ihr Mann in der Eile liegen gelassen hatte, aus dem Schlafzimmer holen. Die Kleffer schnüffelten daran, und ab ging die Post.

Sie zogen ihre Führer und den Troß der Uniformierten eine halbe Stunde durch den Stadtteil, bis sie auf dem breiten Bürgersteig der Hattinger Straße anhielten. Hasso vom Geschriebenstein pißte an die Kirchenmauer, sein Partner bellte die Straßenbahn an.

Die Jagd war vorbei.

## 9

Fuchs hatte den Wagen stehenlassen und ging zu Fuß, vorbei an den Lokalen am Adenauerplatz, wo sich auf Fünfziger Jahre gestylte Typen bei Achtziger-Jahre-Musik und Kiwi-Bowle langweilten.

Es war Freitagabend kurz nach acht. Ikea-Pärchen im Viererpack kreisten auf Parkplatzsuche um den Ring. Er hatte Mühe, auf die andere Seite zu kommen.

Auf den Farbfotos im Schaukasten der Paprika-Bar am Ring posierten Frauen in Dessous, die sie für aufregend hielten. Wie die Bar hatten sie ihre Blütezeit in den Sechzigern, als Paprika ein in Bochum weitgehend unbekanntes, sagenhaft scharfes Gewürz war. Porno-Kino und Peep-Show, in der Fuchs im Vorbeigehen einen Blick riskierte, hatten ihnen längst den Rang abgelaufen.

Das Ulmeneck war eine der wenigen Kneipen, die er nicht einmal dem Namen nach kannte. Er umrundete etliche Blocks in dem Viertel zwischen Bahndamm, stillgelegten Krupp- und dröhnenden Thyssenwerken, ehe er unter der Fiege-Pils-Reklame stand.

Drinnen warteten sie schon. Sie hockten um einen der beiden Tische an der Wand neben dem Eingang. Fuchs hängte seine Steppjacke an die Garderobe, für die er selbst zu haften hatte, und rutschte in die Runde.

„Ich bin der Neue", sagte er.

Stichler hatte ihn überredet, für Bäcker beim Knobelklub Wilde 13 einzuspringen, auf Probe erstmal. Außer Abi war da noch Kurt Geschrei, ein drahtiger Kleiner aus dem Ordnungsamt, der seinen Hausnamen Lügen strafte. Still wie immer nickte er Fuchs über sein Pils weg zu.

Den Mann neben Geschrei kannte Fuchs vom Sehen. Er hieß Fischbach oder so, ein rathausweit bekannter Trinker, den sie irgendwo im Baudezernat vor der Öffentlichkeit verbargen. Hier sagten sie Hannes zu ihm.

Nur eines der Gesichter in der Runde war ihm fremd. Es war grobporig, mit wässrigen Augen, unter denen ausgeleierte Tränensäcke hingen, und gehörte einem Enddreißiger, den Stichler ihm als Winfried Rieder, Journalist, vorstellte. Rieder verzog den Mund zu einem schmalen Lächeln und gab Fuchs die Hand.

Das also war die Wilde 13. Den Namen trugen sie wegen der Zahl der Bierdeckel, die pro Spielhälfte zu verteilen waren. Herbert, der Wirt, brachte sie zusammen mit dem Knobelbecher und Fuchs' Pils. Es wurde offen geschockt.

Die erste Partie verlief teigig. Nur Fischbach riskierte etwas. Er hatte sich schon im Büro warmgetrunken. Als Abi krakeelend Schock fünf vorlegte, ließ er im ersten die Sechs stehen, legte im zweiten und dritten je eine Eins dazu: Schock sechs.

„Das war der doppelte Fischbach!" brüllte er.

Rieder, Stichler und Geschrei hielten eingebildete Täfelchen hoch.

„Sechs Komma null, fünf Komma neun, sechs Komma null", punkteten sie.

Fischbach bimmelte mit einem Glöckchen. Der Wirt brachte Bier.

„Hervorragender Einstand", knurrte er.

Fuchs' Deckel bekam fünf Striche.

Sie prosteten ihm zu.

Fischbach sagte: „Kannst öfter kommen."

Fuchs legte vor und war nach zwei schnellen Hälften mit Fischbach im Endspiel. Er startete mit zwei Straßen, die Hannes nicht überbieten konnte, schickte einen Vierer-Pasch hinterher, verspielte den K.O. mit Schock vier.

Ungerührt kassierte Fischbach die Pappen.

„Da verliert einer, der denkt noch gar nicht dran", versicherte er und trank sein Bier aus, ehe er vorlegte.

Im dritten Wurf fiel die dritte Eins. Schockout.

Sie hielten dieses Tempo bis gegen zehn. Die Partien wurden lauter. Ständig krabbelte jemand unter dem Tisch nach Würfeln. Meist hatten sie ein frisch gezapftes neben dem angetrunkenen Pils stehen.

Fischbach rutschte von Runde zu Runde tiefer, bis Abi den Aufhänger seines Jacketts über einen Knauf der Stuhllehne stülpte. Die Talfahrt war gestoppt.

Überhaupt Abi. Er hatte nicht einen Strich auf dem Deckel und führte in der Tageswertung, die Geschrei nach einem undurchsichtigen Schlüssel berechnete.

Abi riß die Würfel mit dem Becher über die Tischkante. Der Abend war sein Freund.

Auf dem Pissoir traf Fuchs Rieder. Er fummelte an seinem Hosenschlitz.

„Komm raus, du Feigling! Brauchst bloß pinkeln", gibbelte er.

„Was für ne Sorte Journalist bist du eigentlich?" nuschelte Fuchs. Er hatte die Nase stillgelegt, um dem Fichtennadel-Urin-Gestank zu entgehen.

„Stadtrundblick", warf Rieder hin, als handele es sich nicht um den örtlichen Anzeigenfriedhof, sondern die New York Times.

Mit der freien Hand schlug er Fuchs auf die Schulter, daß er Mühe hatte, die Richtung zu halten.

„Kannst dir auch was nebenbei verdienen."

„Soo?" dehnte Fuchs, wippte ein bißchen und packte ein.

„Mhm", machte der Journalist. „Hat Bäcker auch gemacht."

Fuchs nahm die Brille ab und warf sich ein paar Hände kaltes Wasser ins Gesicht. Das schlaffe Gefühl in den Backen ließ etwas nach.

„Was muß man denn machen?"

Rieder verzichtete aufs Händewaschen. Er stieß die Toilettentür auf.

„Niemand da", dachte er laut und kam Fuchs so nahe, als ob er ihn küssen wollte.

„Tips geben", wisperte er. „Wo einer baut, welche Straße demnächst repariert wird. Alles was die Leute interessiert."

Fuchs setzte seine Brille wieder auf. Ohne war er hilflos.

„Und was kommt dabei rum?" fragte er.

Rieder machte ein wichtiges Gesicht. „Zwanziger ist Standard. Und für ne größere Sache, die ich weiterverkaufen kann, auch 'n Fuffi."

„An wen weiterverkaufen?"

„Kommt auf den Tip an. Das meiste mach ich für die ZEITUNG. Wenn die Story verrückt genug ist, nehmen die die sofort. Und wenn nicht, helf ich ein bißchen nach."

„Bei der ZEITUNG?"

Rieder grinste.

„Ne, Junge, bei der Story. Guck, mal. Zum Beispiel Bäcker. Die beste Geschichte, die der mir geliefert hat, war seine Leiche. Haste die Schlagzeile gelesen? Beamter im Paternoster geköpft! Das wollen die Leute lesen. Und ich meine, fast wärs ja auch so gekommen, mit dem appen Kopp."

Er zog ein speckiges Portemonnaie aus der Gesäßtasche, nestelte darin herum und hielt Fuchs schließlich eine verbeulte Karte hin.

„Hier, ruf mich an, wenne was hast."

In der Kneipe waren ein paar neue Gäste eingetroffen. Ältere, angesoffene Ehepaare, die von einer Familienfeier übriggeblieben waren.

Das Knobeln ging langsamer voran. Fischbach nickte zwischen den Würfen ein, fuhr hoch, wenn sie ihn anstießen.

„Was ist tief?"

Als er irgendwann statt des Bechers sein frisches Pils umdrehte, machten sie Schluß, gingen an die Theke bezahlen, blieben wegen der Schnapsrunde, die der Wirt gab, hängen. Jeder mußte sich revanchieren.

Fuchs verlor den Faden. Die Ehepaare wollten tanzen. Eine der Frauen ging zur Musik-Box. *Heute hauen wir auf die Pauke,* gröhlte Tony Marschall. Fuchs sah zwei Frauen auf sich zukommen, wollte zwischen ihnen durch, stieß mit der Vollschlanken zusammen, rappelte sich auf, zahlte und ging.

Am Tisch schlief Fischbach.

## 10

Samstag hatte Fuchs seinen Körper sich selbst überlassen. Wintersonntage haßte er ohnehin. Erst Montagmorgen verließ er seine Wohnung in der Kronenstraße. Er hastete die Viktoriastraße hinunter, wieselte durch das Baustellengewirr am Husemannplatz, wo sie noch eine Tiefgarage unter die Innenstadt höhlten, bog bei der Post um die Ecke und sah die Rathausuhr.

Zwanzig vor neun. Vor zehn Minuten hatte die Kernzeit, in der Anwesenheitspflicht bestand, begonnen.

Im Kiosk kaufte er die WAZ, wartete hinter der Tür, bis der Pulk vom Kanalbau unter Führung des kleinen, dicken

Abteilungsleiters in Richtung Parkplatz verschwunden war, stellte im Eingang seine Uhr an, zog sich vorsichtig zurück, erreichte ungesehen den Hintereingang und fuhr mit dem Lastenaufzug in die zweite Etage. Der verbaute Flur gähnte ihn an.

Fürsorgliche Kollegen hatten das Licht in seinem Zimmer angeknipst. Er huschte hinein, hängte die Jacke weg, dekorierte die Schreibtischplatte mit Straßenakten und einem Lageplan, groß genug als Deckblatt für die aufgeschlagene Zeitung.

Die WAZ ließ sich seitenlang über das Motto eines Schlesiertreffens aus. Ihm fiel die vertrocknete Schrulle aus der Wohngeldabteilung ein, die mit Unterstützung des berufsmäßig vertriebenen Personalausschußvorsitzenden befördert worden war. *Fräuläin Klawa war schon in dr Häimat in VI b jewäisn.*

Im Sportteil herrschte tiefster Winter. Nordische Kombination am Holmenkollen. Fuchs fror beim Hingucken.

Blieb noch der Lokalteil. Hier kämpfte der Fotograf seinen einsamen Kampf gegen die Poller, mit denen die Stadt das Zuparken der Bürgersteige in der Innenstadt verhinderte.

Die Anzeigen waren auch langweilig.

Niemand Bekanntes gestorben.

Fuchs warf die Zeitung weg. Der Lageplan grinste ihn an. Er grinste zurück, griff einen Stapel ÖTV-Magazine, die seit zwei Wochen auf seinem Aktenbock darauf warteten, von ihm als Vertrauensmann verteilt und von den Mitgliedern ungelesen in den Papierkorb geworfen zu werden, und ging auf Tournee.

Sie erzählten ihre Wochenendgeschichten. Karl Kramer hatte mit seinem Schwager zwei Kästen Bier niedergemacht, Abi die elektrische Eisenbahn seiner Frau aufgebaut.

„Hat deine Frau ’n Lokschuppen?“ fragte Fuchs.

Nebenan bei Schmidt wurde vom VfL geredet. Fuchs hörte sich das eine Weile an.

„Die könnten bei uns aufm Hof spielen“, sagte er, als Schmidt Luft holte, „da würd ich nicht mal die Rolläden für hochziehen.“

Im Büro wartete Swoboda. Er hatte sich die Zeit damit vertrieben, die Akten auf Fuchs' Schreibtisch zu durchwühlen.

„Was macht eigentlich die Abrechnung Wespenweg, Herr Fuchs?“ fragte er.

Seine Pianistenfinger wieselten durch den Hefter.

„Sind doch alle Unterlagen da, oder?“

Fuchs nickte.

„Und?“

„Und was?“

Swoboda bleckte seine Pferdezähne.

„Und wann wollen Sie damit anfangen, meine ich.“

„Ach so!“

Fuchs massierte sein Kinn zwischen Daumen und Zeigefinger. Die Barthaare schmirgelten das Kinn. Er schloß die Augen und griff sich an die Stirn. Rubbelte auch hier.

„Ende der Woche vielleicht“, sagte er und sah Swoboda mit Unschuldsmine an.

„Darf man erfahren, warum erst dann?“ ätzte der Abteilungsleiter.

„Wegen Ihrer Liste, Herr Swoboda.“ Der Satz kam genau so leichthin wie geplant.

Swob liebte Listen. Wenn es ihm in den Kopf kam, stürzte er durch alle Sachgebiete, ordnete den Stopp der laufenden Arbeiten an und ließ sie statt dessen Listen aufstellen. Listen über alle historischen Straßen, Listen über alle fertigen Straßen, Listen für alle abgerechneten Straßen, Listen über alle erneuerten Straßen, Listen über alle erweiterten Straßen, Listen über alle verbesserten Straßen. Der Gipfel war eine Liste über alle Listen. Als sie damit fertig waren, hatte Fuchs vorgeschlagen, ihn Odysseus, den Listenreichen, zu nennen. Den anderen war das zu intellektuell. Sie blieben bei Swob.

In die Liste, um die es gerade ging, wollte der Abteilungsleiter alle abrechnungsfähigen, aber noch nicht abgerechneten Straßen aufgenommen wissen. Das zwang sie, die Karten auf den Tisch zu legen. Die Straßen, die da auftauchten, mußten in Kürze abgerechnet werden, was mit viel Arbeit und einer Menge Ärger verbunden war. Sie ließen sich Zeit mit dem Verzeichnis.

„Bis Mittwoch spätestens habe ich Ihre Liste, Fuchs", bestimmte Swoboda und verschwand türenschlagend im Nebenzimmer.

Viertel nach elf.

Vor der Mittagspause anzufangen, lohnte sich nicht mehr. Fuchs vertrödelte die Viertelstunde. Machte sich dann auf. Aß in der Gerichtskantine *Wiener Rahmschnitzel mit Petersilienkart. und gem. Salat.* Lief ziellos durch die Stadt. Kaufte irgendeine LP für zehn Mark.

Bei Tschibo traf er den Verkäufer aus dem Plattenladen. Sie schütteten ein paar Tassen ohne alles in sich hinein.

Der Typ sah kaputt aus. Seine dunklen Augen hatten sich tief in die Höhlen zurückgezogen, der stachelige Zwei-Tage-Bart machte sein Kindergesicht auch nicht schöner. Er rauchte Kette.

„Benson", sagte er. „Dylan raucht die auch. Stand neulich im Rolling Stone."

Den Job hatte er geschmissen.

Kurz vor zwei war Fuchs wieder im Tiefbauamt. Abi kam ihm auf dem Flur entgegen, sah auf die Uhr und grinste.

Fuchs sagte: „Die Mittagspause ist zwischen elf Uhr dreißig und vierzehn Uhr zu nehmen. Steht in der GLAZ-Ordnung."

„Sie beträgt dreißig Minuten, heißt der nächste Satz."

„Soweit bin ich noch nicht gekommen."

Die Straßen, die aus seinem Bezirk auf Swobodas Liste gehörten, hatte er im Kopf. Er schrieb sie auf, strich eine, von der er hoffte, daß Swob sie nicht kannte, und gab den Zettel zum Schreiben.

Das Problem war Bäckers Bezirk. Von zwei drohenden Abrechnungen hatte er oft gesprochen, runderneuerte, alte Straßen mit zig Anliegern. Der Krawall mit den Leuten war vorprogrammiert.

Im Aktenraum ging Fuchs Bäckers Wiedervorlagen durch. Dort schmorten noch vier Abrechnungen. Den Schreibtisch hatten die Hilfssheriffs des Kommissars zwar schon einmal durchsucht, aber wohl kaum auf Abrechnungen. In der Schublade schlummerte der übliche Kurmel von Tipschein bis Namensstempel, hinter den Türen ein Stapel Kicker-Hefte und eine angebrochene Asbach-Flasche, die Fuchs sicherstellte.

Ihm fiel das Schrankfach wieder ein, oben über der Tür, daß Bäcker manchmal, auf einem Stuhl stehend, beschickt hatte.

Fuchs schaute nach.

Es war halbleer. Schriftverkehr mit dem Beamtenheimstättenwerk füllte einen Ordner. Aus einer Klarsichtmappe quollen Durchschläge von Swobodas Listen. In einem aufgerissenen Din-A-4-Umschlag steckte ein Vertrag. (siehe S. 59)

Es folgten drei Seiten mit den üblichen juristischen Feinheiten, die Unterschriften der Beteiligten einschließlich Notar.

Fuchs warf den Rechner an und ließ ihn 21 960 durch 732 teilen. 30 Mark hatte der Baudirektor seinem Dienstherrn für den Quadratmeter Bauland gezahlt.

Fuchs ging zur Flurkarte an der Wand. Stiepel war nicht schlecht, Bochums Nobelvorort an der Ruhr. Flur 51 war gut. Zwei, drei Straßen am Hang, Südlage, unverbaubare Sicht auf die bewaldeten Hügel, jenseits der Ruhr. Flurstück 316 war Spitze. Das letzte Grundstück an einer kleinen Sackgasse, dahinter begann freies Feld – Naturschutzgebiet.

Die Richtwertkarte mit den Grundstückspreisen hing bei Abi. Fuchs steckte den Vertrag zurück in den Umschlag und nahm ihn mit.

*Urkundenrolle Nr. 17/1982*

*Beglaubigte Fotokopie*

Verhandelt

zu Bochum am 3. März 1982

Vor mir,
dem unterzeichnenden Notar
Dr. Sachse
mit dem Amtssitz in Bochum

erschienen heute:

1. für die Stadt Bochum – nachstehend „Verkäufer“ genannt – Frau Stadtamtmännin Ilse Biermann, von Person bekannt,

2. Herr Stadtbaudirektor Bernhard Gries, Am alten Stadtpark 37, und Frau Gabriella Meist, beide verfügungsfähig und von Person bekannt, nachstehend „Käufer“ genannt.

Die Erschienenen erklärten:
Vorbehaltlich der Zustimmung des Rates der Stadt Bochum schließen wir folgenden

Kaufvertrag:

§ 1
Der Verkäufer verkauft dem Käufer das in seinem Eigentum stehende Baugrundstück, bestehend aus dem Flurstück Gemarkung Stiepel, Flur 51, Nr. 316 in Größe von 732 qm (Kaufgrundstück).

§ 2
Der Kaufpreis beträgt 21 960,– DM, in Worten: einundzwanzigtausendneunhundertsechzig Deutsche Mark.

Abi hatte Besuch. Fischbach saß auf der Schreibtischkante. Während Fuchs sich auf der Karte orientierte, hörte er mit einem Ohr, wie der Knobelbruder in kanadischer Kriegsgefangenschaft das Berliner Olympiastadion im Maßstab 1:100 aus Streichhölzern nachgebaut hatte.

Der Richtwert lag bei 300 Mark pro Quadratmeter.

Beim Einwohnermeldeamt kannte er Zappo.

Er rief ihn an.

„Kannst du an den Terminal?"

Zappo brummte Zustimmung.

„Kannst du auch die Schnauze halten?"

Zappo schwieg wie zum Beweis.

„Bernhard Gries."

„Der Baudirektor?"

„Ich dachte, du könntest die Schnauze halten!"

„Was willst du denn wissen?"

„Familienverhältnisse."

Es dauerte drei Minuten, bis Zappo sich wieder meldete.

„Am alten Stadtpark 37", sagte er. „Außerdem sind da noch Viktoria, geborene Kromschröder und Barbara, geboren 13. 11. 1961."

Fuchs kritzelte die Daten auf seinen Block.

„Tu mir noch einen Gefallen, Zappo."

„Wie heißt der denn?"

„Gabriella Meist."

Zappo sagte: „Bleib dran."

Der Hörer schlug hart auf.

Fuchs wartete.

„Nichts im Speicher", meldete Zappo.

Auf der Vertrauenleute-Versammlung nachmittags bei Hasselkuss setzte er sich neben die größte Klatschbase der Verwaltung. Der Mann hieß Mahlmann, war Personalrat und von keiner Geburtstagsfeier im Rathaus wegzudenken. Während der Rede des Vorsitzenden drehte Werner Mahlmann sich fast das Ohr ab.

„Schon mal was von Gabriella Meist gehört?“ tuschelte Fuchs in die gerötete Muschel.

Langsam drehte Mahlmann ihm sein fleischiges Gesicht zu. Seine Augen leuchteten.

„Sozialarbeiterin im Jugendamt“, sagte er tonlos.

„Und?“

Mahlmanns Augäpfel legten noch sechzig Watt zu. Er rückte ein Stück näher, sah sich unauffällig um.

Als alle am Tisch guckten, sabbelte er „Die hat was mit dem Gries“ in Fuchs' Ohr.

Abends rief Fuchs den Zeitungsmenschen an.

„Ich hab nen heißen Tip für dich, Alter.“

„Schön“, sagte Rieder. „Wann können wir uns treffen?“

„Am liebsten gleich“, drängte er.

Rieder wollte nicht.

„So heiß kann gar kein Tip sein, daß er mich um diese Zeit vom Sofa holt.“

Er schlug den nächsten Mittag beim Chinesen an der Brückstraße vor.

Fuchs war das recht.

Sie bestellten Menü A. Zwischen Peking-Gulasch und Frühlingsrolle zeigte er den Vertrag. Rieder setzte eine Hornbrille vor die Triefaugen und überflog die erste Seite.

„Kenn ich“, sagte er und steckte die Brille zurück in seine Jackentasche.

Der Kellner brachte die Warmhalteplatte.

„Woher?“

„Von Bäcker.“

Das süß-saure Schweinefleisch traf ein. Rieder hatte sich einen Berg Reis auf seinen Teller gehäuft. Er löffelte das Fleisch dazu, kippte, als ihm die Schaufelei zu lange dauerte, den Schaleninhalt über den Reis.

„Weißt du,“ kaute er, „ich hab keine Lust, mich mit der Stadt anzulegen. Die Hälfte meines redaktionellen

Teils besteht aus deren Pressemitteilungen. Wenn die mich aus dem Verteiler streichen, seh ich alt aus."

Er baggerte Süß-Saures, verdünnte es noch im Mund mit Pils und schluckte.

Fuchs sah zu und würgte.

„Aber die ZEITUNG, für die wär das doch was", beharrte er.

Rieder winkte ab. „Damit brauch ich denen gar nicht kommen. Ich seh schon das Gesicht des Nachrichtenführers. Und wo ist die Geschichte? Ich sehe die Geschichte nicht", äffte er eine Kasernenhof-Stimme nach. „Weißt du, wann die das nähmen? Wenn die Frau von dem Gries . . . Der ist doch verheiratet, oder?"

Fuchs nickte.

„Wenn die Wind von der Sache kriegt und Selbstmord begeht. Dann strahlt die Redaktion. Mit sowas kommen sie sogar in den Bundesteil. Aber so? Irgendein kleines Licht in Bochum hat ein billiges Grundstück gekriegt. Die lachen mich aus, wenn ich denen damit komm."

Er hatte beim Reden weitergegessen. Der Berg auf seinem Teller war niedergemacht. Die letzten Reiskörner drückte er zwischen die Zinken der Gabel und lutschte sie auf.

Fuchs aß lustlos weiter.

Als die Rechnung kam, nahm Rieder die Getränke auf seinen Deckel.

„Die ersten Pflaumen sind madig", sagte er und tätschelte Fuchs' Arm.

## 11

Wie die ZEITUNGs-Schmierer von der Beinahe-Festnahme Altenscheidts Wind gekriegt hatten, war Wegener ein Rätsel. Von der Pressestelle konnten sie es nicht haben. Die hatte er noch gar nicht informiert.

Jedenfalls riefen sie schon mittags an und standen um vier zu dritt auf der Matte.

Er bugsierte sie an den Besuchertisch und berichtete, was am Morgen passiert war.

Einer der Männer, blond, braun mit sündhaft teurer Jacke, schrieb mit, fragte nach, während der mit der Kamera mit den ruhelosen Augen, die Wegener häufiger an Fotografen aufgefallen waren, sein Büro taxierte. Der dritte sah angeschmuddelt aus. Er hielt ein Fotoalbum auf den Knien und ansonsten den Mund. Wegener kannte ihn vom Sehen. Er schrieb das Anzeigenblättchen der Stadt. Die Jungens waren heiß auf die Geschichte.

„Wie schwer ist Ihr Kollege denn verletzt?" fragte der Blonde und strahlte, als Wegener von „Einlieferung ins Krankenhaus" und „noch nichts gehört" erzählte.

„Fotos haben wir auch schon jede Menge", prahlte er und kniff dem mit dem Album ein Auge zu.

„Zeig mal her, Rieder."

Er griff sich die Mappe und blätterte darin.

„Habe ich von Altenscheidts Frau", grinste Rieder.

„Und die hat Sie Ihnen so einfach gegeben?"

Rieders Grinsen wurde breiter.

„Erst wollte sie nicht so recht. Aber als sie hörte, daß wir sonst auf Anstalts-Fotos aus Eickelborn zurückgreifen müßten, und wer weiß, wie ihr Mann darauf aussieht, Frau Altenscheidt . . ."

Der Blonde fiel ihm ins Wort: „Jedenfalls machen wir die Sache groß auf. Mit vielen Bildern und einem Aufruf zur Mitarbeit an die Bevölkerung."

Zum Schluß wollten sie noch ein Foto von ihm. Sie stellten ihn vor den Stadtplan an die Wand und blitzten, was das Zeug hielt.

Am nächsten Morgen machte Meier II seine Drohung war und schickte ihnen einen seiner Staatsanwälte.

Er hieß Föhrenbach, ein netter Junge aus gutem Hause, eifrig, aber ohne Erfahrung. Wegener ließ ihn die Obdachlosenasyle, Stadtstreicherunterkünfte und Pennerhotels nach Altenscheidt abklappern.

Die Liste der Verwandten und Bekannten, die Heret zusammen mit Altenscheidts Frau aufgestellt hatte, nahmen Möller und Heret sich vor.

Er selbst kam nicht mehr vom Telefon weg. Pausenlos wollten die Leute ihn und nur ihn sprechen, um ihm zu sagen, wo sich die Bestie von Bochum versteckt hielt. Es kamen Anrufe, nach denen Altenscheidt – so ziemlich zur gleichen Zeit – in Essen, Oberhausen, Dortmund, Duisburg, Köln, Münster und auf Helgoland gesehen worden war. Er notierte alle Hinweise, abgesehen von den ganz lächerlichen.

Als Bäckers Kollege anrief, hatte er gerade eine Oma abgewimmelt, die den geisteskranken Triebtäter mit einem kleinen Mädchen im Gebüsch verschwinden sehen hatte.

„Spreche ich mit dem Schimanski von Bochum?" fragte Fuchs.

„Nun werden Sie mal nicht frech."

„Wieso frech? Ich gebe nur wieder, was die ZEITUNG über Sie schreibt."

Wegener wurde flau. Vor lauter Telefonieren war er nicht dazu gekommen, den Artikel zu lesen. Jetzt war es nicht mehr nötig. Der Junge aus dem Tiefbauamt las ihm den Text vor. von der Schlagzeile *(Bestie schlug wieder zu. Angefallener Polizist ringt mit dem Tod.)* über den sympathischen jungen Kommissar Wegener *(Seine Kollegen nennen ihn den Schimanski von Bochum.)* bis zum bitteren Ende *(Helfen Sie mit, die Bestie von Bochum zu jagen!)*

„Aber das Foto ist nicht schlecht", frotzelte Fuchs.

Wegener reichte es. „Darf ich erfahren, warum Sie anrufen?" giftete er.

„Ich möchte einen sachdienlichen Hinweis geben. Ich hab was gefunden, hier im Büro. Etwas, daß Sie vielleicht interessiert."

Mehr wollte er nicht sagen. Wegener versprach, vorbeizukommen, ordnete die Zettel mit den Tips, legte die vernünftigsten nach oben, pikste den kleinen Stapel an die

Pinwand neben seinem Schreibtisch und machte sich auf den Weg.

Über die Gott sei Dank leeren Flure des Präsidiums, genauso hoch wie die im Rathaus und genauso alt. Die Piloten der Royal Air Force schienen Respekt vor der Obrigkeit gehabt zu haben. Während sie den Rest der Innenstadt in Schutt und Asche legten, blieben Finanzamt, Rathaus und Präsidium stehen.

Wegener ging zu Fuß, registrierte nebenbei die vielen neuen Geschäfte in der Innenstadt. Sogar im Erdgeschoß des Rathauses hatte sich ein Sporthaus breitgemacht. Er warf einen Blick auf die Ski-Anzüge. Vor dem Urlaub mußte er hier noch einmal hin.

Diesmal arbeitete der Junge, als Wegener sein Büro betrat. Er hing mit der Nase über einem ziemlichen Plan und zog mit Buntstiften irgendwelche Linien nach. Sicher hatte er ihn erwartet.

Das Büro war wieder überheizt. Wegener zog den Mantel aus und setzte sich auf Bäckers Platz.

Fuchs legte Stifte und Lineal weg und sah ihn mit wichtiger Miene und Fischaugen an.

Wegener sagte: „Ich höre."

Statt zu reden, zog der Junge einen großen Briefumschlag unter dem Plan vor und schob ihn über den Tisch.

Wegener las den Vertrag einmal quer.

„Und?"

„Der lag da oben im Einbauschrank. Ganz unten, wo man ihn so schnell nicht findet."

„Und was ist daran so bemerkenswert?"

Fuchs grinste in eine Ecke.

„Grundstücksgeschäfte sind Top-Secret. Die Verträge macht das Liegenschaftsamt und läßt sie in nicht-öffentlicher Sitzung vom Grundstücksausschuß absegnen."

„Was hatte Bäcker mit der Sache zu tun?"

„Das ist es ja gerade. Nichts. Bäcker hat Straßen abgerechnet, und zwar im Bezirk Mitte. Stiepel gehört nicht dazu."

„Wie kam er dann an den Vertrag?“

Fuchs zuckte mit den Schultern.

„Gefunden hat er ihn bestimmt nicht. Vielleicht kennt er jemand beim Liegenschaftsamt, oder ein Politiker aus dem Ausschuß hat ihm den Vertrag gesteckt.“

„Und was sollte der gute Bäcker damit?“

„Er hat versucht, ihn an die ZEITUNG zu verkaufen“, sagte der Junge und erzählte ihm von seinem Treffen mit Rieder.

Wegener ließ ihn blubbern.

„Und was hat das ganze mit dem Mord zu tun?“ fragte er, als Fuchs fertig war.

Der sah ihn erstaunt an.

„Lassen Sie sich immer ihre Fälle von Fremden lösen?“

„Normalerweise nicht. Andererseits bin ich als Anfänger dankbar für jeden Tip, den man mir gibt.“

„Schöner Konter. Könnte glatt von mir sein“, strahlte Fuchs.

Ob es nicht möglich sei, daß der Baudirektor Wind von Bäckers finsteren Plänen bekommen habe, fragte er dann und rieb sein Bärtchen.

Wegener nickte heftig.

„Und dann hat er ihn im Paternoster erschlagen.“

Der Junge stand auf, schob sein Bäuchlein um den Schreibtisch und grabschte nach dem Vertrag. Wegener zog ihn weg.

„Nicht so heftig, Jugendfreund“, brummte er, faltete das Papier zweimal und steckte es ein.

Der Baudirektor empfing ihn an der Tür. Er streckte Wegener seine fleischige Hand entgegen und zerrte ihn in eine Sitzecke.

Wegener ließ sich ins Leder sinken. Gries orderte Kaffee. Er war an die sechzig, wirkte aber jünger, was er vor allem seinem rosig-glatten Gesicht und den glänzenden Knopfaugen verdankte.

Daß er zu füllig um die Hüften war, konnte auch der gutgeschnittene Einreiher nicht verdecken.

„Trinken Sie ne Tasse mit?“ fragte Gries.

Wegener nickte.

Er beobachtete, wie sich der Baudirektor drei Löffel Zucker in den Kaffee häufte. Es dauerte, bis er ihn verrührt hatte. Schließlich lutschte Gries den Löffel ab.

„Was kann ich für Sie tun, Herr Hauptkommissar?“

„Ober, Herr Gries, Oberkommissar.“

Gries grinste.

„Was nicht ist, kann ja noch werden“, sagte er und knöpfte das Jackett auf. Der Bauch nahm seinen Lauf. „In Ihrem Alter war ich kleiner Bauleiter in einem 15-Mann-Betrieb.“

Er schüttelte den Kopf und schnaufte, als läge diese Zeit Lichtjahre zurück.

„Aber Sie sind sicher nicht hergekommen, um sich von einem alten Fuhrmann Dönnekes erzählen zu lassen“, sagte er.

„Ich leite die Ermittlungen im Fall Bäcker.“

Gries sah ihn über den Tassenrand an.

„Üble Sache das“, nickte er. „Haben Sie den Täter schon?“

Wegener verneinte.

„So schwierig kann das doch nicht sein, den Mann zu finden. Sie haben doch alles: Name, Adresse, Fotos.“

Wegener erzählte ihm die Geschichte mit den sachdienlichen Hinweisen. Der Baudirektor hatte seinen Spaß.

„Aber was führt Sie in diesem Zusammenhang zu mir?“ wurde er plötzlich ernst.

Wegener reichte ihm den Vertrag.

Gries warf einen Blick darauf, stutzte und blätterte dann nachlässig darin herum.

„Würden Sie mir bitte erläutern, was dieser Vertrag mit dem Tod von Bäcker zu tun hat?“ fragte er betont höflich.

„Ein Kollege hat ihn in Bäckers Unterlagen gefunden und mir gegeben.“

Der Baudirektor blieb gelassen.
„Und weiter?"
„Nichts weiter."
Gries sah ihn ungläubig an.
„Und deshalb kommen Sie zu mir?"
Wegener brummte Zustimmung.
„Kannten Sie Bäcker?"
„Vom Sehen."
„Haben Sie mal mit ihm zu tun gehabt, dienstlich oder privat?"
Gries verneinte. Er schüttelte den Kopf dabei.
„Können Sie sich vorstellen, warum Bäcker den Vertrag in seinem Büro aufbewahrte?" fragte Wegener.
Er fühlte sich nicht wohl in seiner Haut. Dieser Baumensch war nicht halb so jovial, wie er tat.
Außerdem hatte er wirklich schon schlauere Fragen gestellt.
Gries sah ihn milde an.
„Der einzige, der Ihnen das beantworten konnte, war Bäcker", stellte er fest.
Wegener gab ihm recht. Was blieb ihm auch anderes übrig? Innerlich fluchte er auf den dicken Jungen aus dem Tiefbauamt, der ihn in diese idiotische Situation manövriert hatte. Dabei kam das Unangenehmste noch.
Gries sah auf die Uhr. Sie hatten beide den Kaffee auf. Die Sekretärin brachte neuen.
„Die Frau, mit der Sie das Grundstück gekauft haben", begann Wegener, als die Vorzimmerdame raus war, „ist nicht Ihre Frau?"
Gries verzog die Lippen zu einem feinen Lächeln.
„Die Polizei, die regelt den Verkehr."
Wegener lief rot an.
Sein Gegenüber genoß das. Er lehnte sich in die Polster und ließ kein Auge von ihm.
„Wissen Sie", sagte er, weil Wegener schwieg, „ich lebe seit ein paar Jahren nicht mehr bei meiner Frau. Daß meine neue Lebensgefährtin hier im Rathaus arbeitet, hat

man Ihnen sicher schon gesteckt. So was ist nicht geheimzuhalten. Ein netter Kollege hat mir wegen des Altersunterschiedes empfohlen, sie zu adoptieren."

Gries stand auf und knöpfte seine Jacke zu.

„Sonst noch Fragen?"

Wegener zog seinen Mantel an und trollte sich.

Den Vertrag ließ er liegen.

## 12

Der erste, von dem Fuchs es hörte, war der Aktenverwalter.

„Füchsken, du wirst versetzt", lallte der an Weiberfastnacht nach drei Sechser-Packs Dosenbier.

Weil Kremer im besoffenen Kopf immer solche Scherze trieb, dachte Fuchs nicht weiter darüber nach.

Als am nächsten Morgen Abi Stichler, dessen Frau beim Personalamt schaffte, mit derselben Meldung über den Flur kam, sah Fuchs immer noch nicht mehr dahinter als ein abgekartetes Spiel, in dem er die Rolle des Deppen übernehmen sollte.

Erst ein paar Stunden später, bei der Privataudienz im Büro des Abteilungsleiters, der ihn angrinste wie Fury in der Schlußszene, ging ihm ein Licht auf.

Swoboda schob Fuchs eine blaue Mappe über den Tisch. In dürren Worten teilte ihm das Personalamt mit, daß er mit Wirkung vom nächsten Ersten zum Ausgleichsamt versetzt sei.

Swoboda weidete sich an den Spuren der Versetzung in Fuchs' Gesicht.

„Waren Sie schon mal beim Ausgleichsamt?" fragte er.

Das Amt, in dem vierzig Jahre nach Kriegsende die letzten Flüchtlinge um Entschädigungen für verlorengegangene Rittergüter fochten, galt im Rathaus als Strafbataillon. Alkoholiker, Kommunisten und sonstige Querulanten wurden dort kaltgestellt.

So gelassen wie möglich zückte Fuchs seinen Kuli, unterschrieb die Empfangsbestätigung und reichte sie dem Abteilungsleiter.

„Nein“, sagte er, „war ich noch nicht. Aber ich hab schon viel Gutes darüber gehört.“

Den Schrieb vom Personalamt faltete er nachlässig und schob ihn in die Hosentasche.

Er stand auf.

An der Tür stoppte ihn die Stimme des Abteilungsleiters.

„Nicht so eilig, Herr Kollege.“

Fuchs sah sich um. Swoboda hatte sich im Sessel zurückgelehnt. Anstelle des fehlenden Bauchs streckte er sein plustriges Oberhemd raus.

„Sie können wohl gar nicht schnell genug von hier wegkommen“, fragte er und nahm seine Hornbrille dabei ab.

Fuchs nickte Zustimmung.

„Wenn das so ist . . .“, dehnte Swoboda und ließ sich mit dem Weitersprechen Zeit.

Fuchs fiel ein Spruch seines Vaters ein: Wenn das so ist, Frollein, und das Gras naß ist, dann geben Sie die Tafel Schokolade wieder her.

„. . . muß ich Sie enttäuschen“, vollendete Swoboda seinen Satz. „Ich habe soeben mit Herrn Teufler vom Ausgleichsamt telefoniert. Er ist damit einverstanden, daß Sie zunächst die im Sachgebiet entstehenden Abrechnungen abwickeln und erst danach die neue Stelle antreten.“

Als er Swobodas Tür hinter sich geschlossen hatte, war es vorbei mit der mühsam bewahrten Haltung.

Mit hängenden Schultern und zuckenden Mundwinkeln schlurfte Fuchs in sein Büro zurück. Er plumpste auf seinem Drehstuhl, sauste gegen die Fensterbank und blieb da hocken.

Vom Puff kam eine aufgeschwemmte Nutte zum Einkaufen in die Stadt. Ein Karnevalshütchen aus rotem Glanzkarton hing schief in ihrem aufgetürmten Haar. Auf Stilettabsätzen watete sie durch die Regenpfützen der Gußstahlstraße. Ihr kahlgeschorener Pudel zitterte trotz des Plastikmäntelchens.

Fuchs griff zum Telefonverzeichnis und ging sein neues Amt durch. Ein paar Leute kannte er dem Namen nach, persönlich nur einen.

Fuchs wählte seine Nummer.

„Ausgleichsamt Ringels", säuselte es durch die Leitung. Winfried Ringels hatte vor zehn Jahren mit ihm bei der Stadt angefangen. Die Anwärterjahre hatten sie gemeinsam durchlitten, dann bekam Ringels die Stelle im Ausgleichsamt am Berliner Platz und ließ sich nur noch selten im Rathaus blicken.

Daß Fuchs und er bald wieder Kollegen sein sollten, ging ihm nicht in den Kopf.

„Wir haben doch überhaupt keine Stelle frei", staunte er.

„Bestimmt nicht?" fragte Fuchs.

Ringels schnaufte in den Höhrer: „Wenn ichs dir sage. Wir sind n kleines Amt, da weiß jeder, wo was frei ist."

Fuchs ließ ihn noch eine Weile über alte Zeiten, Fußball und Frauen plappern, ehe er auflegte.

Er überlegte einen Moment, suchte dann die Nummer des Polizeipräsidiums raus und verlangte Wegener.

„Haben Sie Gries gesagt, daß ich Ihnen den Vertrag gegeben habe?" wollte er wissen.

„Durfte ich nicht?" fragte der Kommissar zurück.

„Ich bin mit Wirkung vom nächsten Ersten zum Ausgleichsamt versetzt", sagte Fuchs.

Wegener schwieg.

Um drei Uhr machte Fuchs Feierabend. Wie jeden Freitag blitzte ihn seine Wohnung an, als er zur Tür reinkam. Seine Mutter war zum Putzen dagewesen.

Fuchs klinkte die Jacke an den Haken, ging zum Kühlschrank, aß das Stück Hering in Gelee, das sie mitgebracht hatte, und trank eine Dose Bier dazu.

Im großen Becken auf dem Regal warteten die Wasserschildkröten. Er hielt ihnen einen Finger hin. Die größere schnappte danach, ließ sich aus dem Wasser ziehen und plumpste erst zurück, als er ihren leuchtend gelben Bauch kitzelte. Weil die kleinere keine Ruhe gab, wiederholte er den Trick mit ihr. Ob es sich um ein Pärchen handelte, hatte er trotz eingehender Untersuchungen nicht herausbekommen.

Fuchs hätte gern mit irgendwem über seine Versetzung geredet, mit jemandem, der zuhörte, weil es ihn interessierte und nicht, weil es sein Job war zuzuhören. Den Kneipenwirten der Innenstadt hatte er schon erzählt, wie ihn das Rathaus anödete. Sie heuchelten Mitgefühl, solange er dabei trank, und warfen ihn raus, wenn er abgefüllt war.

Fuchs mochte Frauen, aber er hatte nicht das Gefühl, daß sie ihn mochten. Die meisten Kollegen in seinem Alter waren entweder verheiratet oder sonstwie in festen Händen. Bei ihm hatte es nur zu ein paar flüchtigen Geschichten mit Frauen aus dem Rathaus gereicht.

Manchmal, wenn es ihm mies ging, rief er seine Mutter an. Sie erzählte ihm, was es Neues gab in der Straße, aus der er kam. Warum Tante Hilde nach der Altengymnastik nicht mit in die Kneipe durfte und daß die Witwen aus ihrem Wanderklub zur Darmspiegelung bei dem neuen Doktor in Höntrop waren, alle ohne Befund.

Ganz zum Schluß fragte sie meist, wie es ihm gehe. „Wie immer, Mutti“, sagte er dann und erinnerte sie an das Stück Hering in Gelee für die nächste Woche. Einmal hatte er nachgerechnet, wie viele von den flachen Blechdosen, aus denen der Fischhändler zwölf möhrenscheibenverzierte Happen holte, er bis zur Pensionierung noch leeren würde.

Er kam auf einhunderteinundfünfzig Dosen mit eintausendachthundertneunzehn Portionen – vorausgesetzt, seine Mutter würde 85.

## 13

Irgendwann in der Nacht begann der Winter. Schnee sackte in dicken Flocken auf die Stadt, dämpfte das Dröhnen des Stahlwerks und verwandelte die Straßen in Skipisten.

Als Wegener um halb acht aus der Haustür trat, schneite es nicht mehr. Es war bitterkalt.

Er blinzelte, zog den Hut tiefer ins Gesicht und stiefelte über den Hof zu den Garagen. Das Schloß der Schwingtür war tiefgefroren, der Enteiser lag im Handschuhfach. Wegener trat gegen die Stahltür und machte sich humpelnd auf den Weg zur Straßenbahn.

Leute, die mehr Glück gehabt hatten als er, schlingerten mit ihren Autos vorbei. Kein Mensch hatte Schneeketten aufgezogen, die meisten nicht mal Winterreifen.

Im Wartehäuschen drängten sich Schulkinder, Büromenschen und Verkäuferinnen. Wegener quetschte sich dazwischen und sah hinaus. Eine tausendäugige Blechraupe kroch über die Hattinger Straße in die Stadt, stockte an jeder Ecke, um dann mühsam wieder in Gang zu kommen. Der städtische Räumdienst ließ sich nirgends blicken.

Wenn es mal drauf ankommt, versagen diese Stadtverwaltungsfritzen kläglich, dachte Wegener und versuchte, sich die Füße warm zu stampfen.

Es mißlang.

Die Tiefbauer saßen sicher schon in ihren warmen Büros und schaukelten sich die Nüsse. Er sah den dicken Fuchs direkt vor sich, wie er in aller Ruhe in seinem Fotomagazin blätterte. Der Junge hatte Nerven! Schickte ihn zur Verwaltungsspitze wegen nichts. Nur mit dem peinlichen Vertrag in der Tasche. „Die Polizei, die regelt den Verkehr!“ Er war rot geworden wie ein Schuljunge.

Nach einer halben Stunde Frostgare erschien die Bahn und schob sich auf die Haltestelle zu. Wegener zwängte sich mit den übrigen Wartenden hinein.

Drinnen war Umfallen unmöglich. Naseputzen auch. Er

fuhr mit der Zunge über die Oberlippe. Hätte den Schnäuzer stehen lassen sollen, dachte er.

Was er nach Brinkmanns Pensionierung gebraucht hätte, wären ein, zwei schöne Morde. Nicht so glatt, daß jedem auffiele, wie leicht sie aufzuklären wären, aber auch nicht so verwickelt, daß man ein halbes Jahr daran herumpuzzelte.

„Solche Fälle gibt es nur im Krimi", hatte Brinkmann immer gesagt, wenn er drängelte, und dahinter seine Dienstmüdigkeit versteckt. „Durch längeres Liegenlassen erledigt sich vieles von selbst", war der Lieblingsspruch des Alten.

Wegener haßte Untätigkeit. Er wollte nicht warten, bis Altenscheidt irgendwann in den Maschen der Fahndung hängenblieb. Er brauchte ihn jetzt. Auf Kommissar Zufall hatte er noch nie gesetzt.

Mühsam bahnte sich die 18 ihren Weg durch das Chaos. Immer wieder blockierten steckengebliebene Wagen die Gleise. An jeder Haltestelle quetschten sich neue Fahrgäste in die Bahn.

Wegener taxierte jeden Zugestiegenen.

Wenn er jemanden suchte, dann überall. Eine Art umgekehrter Verfolgungswahn. Letzten Samstag beim VfL, als das Spiel im Mittelfeld dahinplätscherte, hatte er die Tribüne Reihe für Reihe durchgescheckt. Beim Volkslauf in Wattenscheid machte er eine halbe Stunde Rast und ließ die Gesichter der Jogger an sich vorüberziehen.

Wie die meisten stieg Wegener am Bahnhof aus, unterquerte den Vorplatz und tauchte im Schickeria-Viertel wieder auf. Ohne auf die glitzernden Schaufenster der Boutiquen zu achten, schritt er aus. Der Schnee puderte seine Hosenbeine bis zu den Knien. Sogar die Großbaustelle am Husemannplatz, wo sie bisher bei jedem Wetter gearbeitet hatten, lag eingeschneit und still.

Schlechtwettergeld, dachte Wegener und ‚mein Mann ist auf Montage, kommen Sie ruhig rein.' Eine dralle

Hausfrau hatte ihn vor Jahren so empfangen, als er wegen fehlender Tatzeugen Klinken putzen mußte.

Plötzlich war ihm klar, wie ein Maurer gleichzeitig Geld verdienen, eine Bleibe finden und aus der Stadt verschwinden konnte.

Montage hieß das Lösungswort, möglichst beim Subunternehmer, ohne Papiere, aber mit Wohnbaracke gleich neben der Baustelle.

Wegener beeilte sich, ins Präsidium zu kommen.

## 14

Solange er denken konnte, war Fuchs am Rosenmontag zum Gänsereiten gegangen. Wenn man wie er aus dem Wattenscheider Süden kam, tat man das einfach. Man strömte mittags in einem Wäldchen zusammen und sah etwa zwei Dutzend als Bauern verkleideten Handwerksmeistern bei einem Reiterspiel zu, von dem nur Dumme und Bochumer annahmen, es würde auf Gänsen ausgetragen.

Trotzdem spielte die Gans eine tragende Rolle: Mit den Füßen nach oben baumelte sie an einem Seil hoch zwischen zwei Bäumen und ließ den Kopf hängen – solange sie ihn noch hatte.

Drunterdurch ritten die speckbäuchigen Blaukittel und zerrten am Kopf herum. Das ging nicht lange gut. Der Hals des Vogels wurde lang und länger, riß schließlich ab. Wir haben einen neuen König, jubelten die Gänsereiter. Der Klügere gibt nach, frotzelten die Zuschauer.

Diesmal waren sie zu viert rausgefahren nach Höntrop – Abi, Kramer, der unvermeidliche Fischbach und er –, hatten keine Kneipe zwischen Straßenbahnendstelle und dem Reitplatz ausgelassen und kamen entsprechend frohgelaunt an.

Beim Ritt auf die Schaugans studierten sie das Pferdematerial. Es waren Gäule vom benachbarten Reiterhof, einer braver als der andere. Alles kam auf die Entschlossenheit der Reiter an.

Eine fünfstellige Summe kostete den König seine einjährige Regentschaft. Die Aussicht darauf ließ viele vorsichtig werden. Sie griffen nur zu, solange die Gans den Kopf noch fest auf dem Hals hatte.

Übrig blieb eine Handvoll ernsthafter Thronanwärter.

Fuchs' Favorit war ein älterer Mann mit strähnigem schwarzen Haar, der aus Angst, er könne sie verlieren, vor jedem Ritt die Zähne herausnahm. Corega Taps nannte er ihn, oder einfach Corega.

Fuchs setzte einen Zwanziger auf El Corega. Abi Stichler war unentschlossen. Er hätte sich vorher bei einem Londoner Buchmacher nach den Quoten erkundigen sollen, meinte er. Wenn die schon Bäckers Wette auf den Torschützenkönig des VfL Bochum angenommen hatten, warum dann nicht auch auf den Gänsereiterkönig von Höntrop.

Schließlich entschied er sich für einen angefetteten Mittvierziger, der so aussah, als hätte er das nötige Kleingeld.

Die anderen setzten einen Zwanziger auf ihre Favoriten, und der Kampf um die Königsgans begann.

Es wurde ein langes kaltes Gewürge. Zweimal mußte mit dem Messer nachgeholfen werden.

„Halsabschneider", brüllten die Zuschauer.

Nach dem zweiten Schnitt ritt Abis Fettsack als erster an, trabte unter die Gans und ging ihr mit beiden Händen an den Kragen. Das Pferd verstand sein Gezappel falsch. Es lief weiter und ließ den Dicken an der Gans hängen. Einen Moment lang schwebte er dort. Dann riß der Hals, und er tropfte als neuer Gänsereiterkönig auf den Parcours.

Seine Untertanen tobten.

Abi Stichler kassierte sechzig Mark, die sie im Laufe des Tages in den Kneipen der Umgebung versoffen.

Am nächsten Morgen führte Fuchs' erster Weg in Stichlers Büro. Abi hatte die ZEITUNG auf dem Tisch ausgebreitet. Seine Nase berührte fast die Zeilen. Eine Strähne seiner Matte verhüllte die Blößen der australischen Badenixe von Seite sieben.

„Was war das denn gestern mit Bäcker und der Wetterei?“ fragte Fuchs.

Mühsam hob Stichler den Kopf und sah ihn aus verquollenen Augen an. Er griff zur Mineralwasserflasche neben seinem Stuhl, nahm einen tiefen Zug und rülpste.

„Hat er dir nie was davon erzählt?“ fragte er zurück.

Fuchs schüttelte vorsichtig den Kopf.

„Es gibt einen Buchmacher in London, der hat sich auf Deutschland spezialisiert“, erklärte Abil. „Die schicken dir jede Woche einen Tippschein zu. Bundesliga, zweite Liga und erste englische Division. Da kannst du dir die Spiele raussuchen, die du wetten willst.“

„Und was war das mit dem Torschützenkönig vom VfL?“

„Du kannst bei denen anrufen, ob sie eine Wette drauf annehmen, daß Fischer es wird. Dann sagen die dir den Kurs, du setzt mindestens zehn Mark und fertig.“

„Und wie kommen die an ihr Geld?“

Stichler sah gequält auf. Er strich sich die Haare aus dem Gesicht und stöhnte: „Seit wann interessierst du dich denn für Sport?“

„Ich interessier mich für Wetten“, sagte Fuchs.

Stichler zog seine Schreibtischschublade auf und kramte zwischen Kronkorken, Nagelschere, Stempeln und leeren Zigarettenschachteln herum.

„Hier flog immer so n Tippschein rum“, murmelte er und suchte im Seitenfach weiter. Dort herrschte das gleiche Chaos.

Als Fuchs die Hoffnung schon fast aufgegeben hatte, wurde Abi fündig. Ein angeschmuddeltes Blatt Papier tauchte auf, der Tippschein der Overseas Betting Ltd. für die siebte Woche.

Fuchs sah sich den Zettel an. Dreißig Fußballspiele mit festen Quoten konnte man tippen, wer Davis-Cup-Sieger werden würde, ob bei der Schwergewichts-Europameisterschaft in Kopenhagen Tangstad (NOR) oder Eklund (SWE) zusammengeschlagen würde und in welcher Runde.

Unten rechts waren die Kontonummer und der Name des Tippers eingetragen: Gerd Bäcker. Er hatte eine Menge Geld auf ein paar Heimsiege in der Bundesliga gesetzt, und zwanzig Mark darauf, daß Bernadette Bradley aus Jamaika Miss World werden würde, Totaleinsatz zweihundertdreißig Mark.

„Wie kommst du denn an Bäckers Tippschein?" fragte Fuchs.

„Hat er mir mal gegeben, um mir den Mund wässrig zu machen."

„Hast du den über?"

Stichler nickte.

Fuchs ging in sein Büro zurück und sah sich den Schein noch mal genau an.

Man konnte seine Wetten entweder telefonisch nach London durchgeben – die Nummer stand drauf – oder hinschicken. Den Einsatz legte man dem Brief bei, als Euroscheck oder in bar.

Den ganzen Tag über ging Fuchs Bäckers Wetterei nicht aus dem Kopf. Zweihundertdreißig Mark Einsatz waren eine Menge Holz für einen Familienvater. Wenn der jede Woche soviel gesetzt hatte. Vielleicht wollte er sich mit dem Tippschein auch nur wichtig tun. Seht mal, was ich mir erlauben kann und so. Manchmal hatte Bäcker die Tour draufgehabt. Besonders, wenn Frauen zuhörten.

Nachmittags zu Hause setzte Fuchs sich ans Telefon und wählte die Londoner Nummer. Es rauschte in der Leitung, hupte ein paarmal ziemlich fremd, bevor eine Stimme sich unverständlich meldete.

„Excuse me, is there Overseas Betting? Here is Mister Bäcker, Germany", stotterte Fuchs in den Hörer.

„Hier ist SSP Overseas Betting. Guten Tag, Herr Bäkker, was kann ich für Sie tun?"

Fuchs bekam rote Ohren. Er raschelte mit dem Tippschein und hustete.

„Ich hab eine Zeitlang nichts bei Ihnen gesetzt", brachte er schließlich heraus. „War in Urlaub. Und jetzt weiß ich meinen Kontostand nicht mehr."

„Ihre Nummer, Herr Bäcker?"

Fuchs las ihm Bäckers Kontonummer vor und wartete. Die Gebühreneinheiten ratterten durch den Hörer.

„Ihr Guthaben ist zweiundzwanzig Deutschmarks", verkündete die Stimme schließlich.

Fuchs gab sich einen Ruck.

„Was? So wenig?" brauste er auf. „Das kann doch nicht stimmen!"

Der Mann am anderen Ende der Leitung schwieg. Fuchs fiel die Geschichte von dem Kanalfischer ein, der das Telefonkabel zwischen England und Frankreich gehoben und durchgehackt hatte.

„Hallo, sind Sie noch dran?" fragte er.

„Sicher, Herr Bäcker. Ich habe auf dem Terminal Ihre Einsätze angesehen. Es ist alles okay. Zweiundzwanzig Marks."

„Das kann nicht sein", beharrte Fuchs. „Nach meiner Rechnung müßte ich noch über zweihundert Mark gut haben."

Der Satz kam ihm locker über die Lippen.

Er staunte über sich selbst.

„Einen Moment, Herr Bäcker", sagte die Stimme am anderen Ende und ließ ihn wieder mit dem Knattern der Einheiten allein.

Fuchs zählte die Knacks.

Bei siebzehn meldete sich der Buchmacher wieder.

„Herr Bäcker, wir werden Ihnen eine Übersicht Ihrer Einsätze und Gewinne des letzten Jahres schicken. Sie können dann überprüfen, daß alles okay ist."

„Einverstanden", sagte Fuchs und legte auf. „Mehr wollte ich ja gar nicht."

Erst als er vor Freude seinen Schildkröten eine Extraration Würmer vorgeworfen hatte, ging ihm auf, daß er Fuchs und nicht Bäcker war und die Aufstellung der Einsätze an Bäckers Adresse gehen würde und nicht an seine.

Fluchend fischte er den Schildkröten die Würmer vor der Nase weg. Die Viecher sahen ihn fassungslos an.

Er ging in die Küche. Der Kühlschrank war leer bis auf ein Sechser-Pack Bier, ein halbes Glas Gewürzgurken und eine Flasche Ketchup.

Fuchs schlug die Kühlschranktür zu, setzte sich ans Telefon und suchte Bäckers Privatnummer.

*Bäcker, Gerhard, StAmtm, 77 13 11.*

Seit wann hieß der denn Gerhard? Und dann auch noch den Titel eintragen lassen. Das hatte bestimmt seine Alte gebracht. Er kannte Bäckers Frau von der Beerdigung. Sie hatte kalt und unnahbar ausgesehen unter ihrem breitkrempigen schwarzen Hut. Was hattest du denn erwartet? fragte er sich. Daß sie mit einem Arbeitskollegen ihres Mannes herumschäkert?

Er lachte laut. Es klang ein wenig hohl, aber er wählte. Die Witwe meldete sich schon nach dem zweiten Klingeln.

Fuchs stellte sich vor.

„Ich glaube, ich habe Sie bei der Beerdigung gesehen", sagte sie. „Sie sind doch der mit der Brille und dem Kinnbart, oder?"

Er bejahte.

„Und was kann ich für Sie tun?"

„Wir haben . . . Da kommt in den nächsten Tagen bei Ihnen ein Brief an. Von einem Londoner Buchmacher. Für Gerd. Ich meine Ihren Mann. Das ist . . . Wenn Sie mich dann anrufen könnten. Es ist nämlich die Abrechnung von unserem Gemeinschaftstip."

Er hielt die Hand auf die Muschel und schnaufte.

„Ach, Sie haben mit Gerd getippt?" sagte die Frau.

Fuchs brummte irgendwas, das sich nach Zustimmung anhörte.

„Sobald der Schrieb kommt, ruf ich Sie im Büro an", versprach die Frau.

Er bedankte sich hastig und legte auf.

„Wer A sagt, muß auch B sagen“, dachte er laut und leerte die Bierdose.

## 15

Nach drei bleiernen Tagen kam der Anruf.

Bäckers Frau wollte den Brief an seine Adresse weiterschicken. Fuchs war das zu lange hin.

„Kann ich den Brief nicht heute nachmittag bei Ihnen abholen?“ drängelte er.

Sie hatte nichts dagegen.

Um Punkt drei stellte er die Uhr ab und fuhr nach Linden. Der Feierabendverkehr begann gerade erst, und er kam zügig durch. In der Siedlung kurvte er mehrere Runden, ehe ein blauer Passat einen Platz im schmutzigen, verharschten Schnee am Straßenrand freimachte.

Als Fuchs ausstieg, fuhr ihm der eisige Wind aus dem Ruhrtal unter die Jacke. Er zog den Kopf zwischen die Schultern und hastete an der Häuserreihe vorbei, bis er Nummer 7 gefunden hatte.

Bevor er schellen konnte, wurde die Haustür von innen geöffnet.

„Ich hab Sie vom Fenster aus frieren sehen“, empfing ihn Bäckers Frau.

Sie lachte ihn dabei an, nahm ohne zu fragen seine gefütterte Lederjacke und ging voraus. Fuchs betrachtete sich im Dielenspiegel.

Er sah so aus, wie er sich fühlte: Hatte nur kurz an der Tür das Kuvert in Empfang nehmen und wieder verschwinden wollen. Stattdessen nun Kaffeeklatsch mit der Witwe.

Sie wartete an einem runden Eßtisch mit selbstgebackenen Waffeln auf ihn. Es gab Kirschmarmelade dazu und Schlagsahne.

Fuchs setzte sich hinter sein Gedeck, ließ sich artig Kaffee einschütten, nahm Milch und Zucker, rührte lange, wandte sich dann den Waffeln zu, bestrich eine mit Marmelade, klackste Sahne darauf, rollte sie ein und biß ab. Daß Messer und Gabel neben seinem Teller lagen, fiel ihm erst auf, als er die halbe Waffel verschlungen hatte.

Die Frau bemerkte seinen ratlosen Blick auf das kleingeratene Besteck und lachte. Er lachte mit, verschluckte sich an der Waffel, mußte husten, wurde rot.

Als er sich beruhigt hatte, grinste sie immer noch. Zeigte dabei ihre breiten, weißen Schneidezähne. Den Rest von ihr fand Fuchs weniger häsisch.

„Sind Sie immer so schweigsam?" fragte sie ihn in der Pause zwischen der ersten und der zweiten Waffel.

Er schüttelte den Kopf.

„Wovon sollen wir reden, vom Wetter oder von Gerd?"

Sie verzog das Gesicht.

„Zum Wetter fällt mir nichts ein."

„Dann eben Gerd", sagte er und säbelte ein Stück von seiner Waffel ab. „Hat er viel Geld ausgegeben für die Tipperei?"

„Ich dachte, Sie hätten zusammen gewettet."

Der Satz schwebte eine Weile über dem Tisch.

„Zeigen Sie mir doch mal den Brief", bat Fuchs.

Die Frau stand auf und ging zum Couchtisch hinüber. Sie war kaum kleiner als er, nicht zu schlank, ihre Art, sich zu bewegen, verriet, daß sie regelmäßig Sport trieb. Sie schien eine Schwäche für Solarien zu haben.

Fuchs verabscheute diese Grills, konnte eine gewisse Bewunderung für ihre Wirkung an dieser Frau jedoch nicht unterdrücken.

Den Brief aus London hatte sie schon geöffnet. Fuchs leerte das Kuvert und faltete den Inhalt auseinander. Neben einem Tippschein für die folgende Woche war da noch eine Auflistung aller Einsätze und Gewinne auf Bäckers Konto bei der SSP Overseas Betting LTD.

Es begann vor etwa einem Jahr mit Beträgen zwischen zwanzig und dreißig Mark und blieb einige Monate auf diesem Niveau. Gelegentliche kleine Gewinne hatte Bäkker postwendend verspielt.

Der große Sprung nach vorn kam in der dreiundzwanzigsten Woche.

Glatte tausend Mark hatte Bäcker gesetzt, sechshundert gewonnen, in der nächsten Woche noch fünfhundert draufgelegt und bis auf einen Kleingewinn von siebenundzwanzig Mark alles verloren. Seitdem bewegten sich die Einsätze Woche für Woche in dieser Preislage und gingen erst zum Schluß rapide zurück.

Fuchs überschlug die Summe der Einsätze. Wenn man die Gewinne von ungefähr dreitausend Mark davon abzog, blieben achtzehntausend verspielte Mark.

Er sah Bäckers Frau über die Liste hinweg an.

„Na, stimmt was nicht?" lächelte sie süßsauer und zwang seinen Blick auf das Papier zurück.

Er vertiefte sich in die Aufstellung, merkte, wie seine Ohren heiß wurden, wußte, daß er irgendwann wieder auftauchen mußte. Er tat es mit einem Ruck.

„Ich hab' nicht mit ihm zusammen gewettet", sagte er und kam sich vor wie der kleine Fuchs, den die Mutti beim Lügen ertappt hatte.

„Wer denn dann?" hakte sie nach.

Fuchs sagte: „Niemand."

Es war ein stilles Haus in einer ruhigen Siedlung. Der Schnee, der nicht tauen wollte, dämpfte die Geräusche, die die Autos der heimkehrenden Männer machten. Kinder kamen nicht vor.

Bäckers Frau goß sich Kaffee nach, nahm Milch dazu, nippte, setzte die Tasse ab und wartete. Sie sagte nichts. In ihren Augen war keine Spur mehr von Spott oder sonstwas. Sie waren einfach blau und warteten.

Fuchs haßte solche Situationen. Er ließ niemand so nah an sich heran, daß es brenzlig werden konnte. Jetzt war es zu spät zum Abstandhalten. Er verfluchte alle englischen Buchmacher, Höntroper Gänsereiter, verrückten Wetter, coolen Kommissare, pferdeköpfigen Abteilungsleiter, knobelnden Kollegen und neugierigen Oberinspektoren, an der Spitze Helmut Fuchs, noch Tiefbauamt, bald Ausgleichsamt, siebenundzwanzig, Beamter auf Probe und bald auf Lebenszeit.

„Ich weiß nicht, woher Gerd das Geld hatte", knurrte er.

„Und warum wollten Sie dann unbedingt den Brief aus London haben?"

## 16

Die Amtseinführung des neuen Präsidenten zog sich hin. Nachdem das Lied des Polizeichores verklungen war, schritt der Minister ans Rednerpult, um sich über den Polizeibeamten im demokratischen Staatswesen zu verbreiten. Ihm folgte der alte Präsident, dessen launige Worte große und kleine Ereignisse aus seinen Bochumer Jahren vor den zum Teil geschlossenen Augen seiner Zuhörer vorüberziehen ließen. Für Aufmerksamkeit sorgten anschließend die Polizeisänger. Sie sangen zu Ehren des Scheidenden dessen Lieblingslied: *Auf, auf, zum fröhlichen Jagen.*

Die Antrittsrede des Neuen war vorsichtig bis nichtssagend. Er beschwor Teamgeist und moderne Technik, die dem Beamten zunehmend den Dienst erleichtere, aber auch neue Probleme schaffe.

Wegener sah auf die Uhr: Elf, und noch immer kein Ende in Sicht.

Für die Mitarbeiter des Polizeipräsidenten hatte Heinz Erhardt das Wort ergriffen. Er bedankte sich beim Alten im Namen von 1354 Schutzpolizisten, 298 Kriminalbeamten und -angestellten, 14 Polizeipferden und 8 Diensthunden für die faire Zusammenarbeit, bot dem Neuen dieselbe an, um danach die bisher gehaltenen Reden mit eigenen Worten wiederzugeben. Bevor der Polizeichor zum erlösenden Schlußgesang ansetzte, wandte sich der Dirigent an die Zuhörer und verkündete, daß der neue Präsident freiwillig die Schirmherrschaft über die beamteten Sänger übernommen habe, getreu dem Motto des Chores: *Wo man singt, da laß dich ruhig nieder. Böse Menschen haben keine Lieder.*

In der Kantine setzte sich Wegener zu den Jungens vom sechsten K., die sich den frustigen Vormittag mit Kaffee und Bockwurst vertrieben. Seine Frage nach ihren Erfahrungen mit illegaler Beschäftigung schien ihre Laune nicht zu heben.

Ein Jüngerer, dessen Namen er nicht kannte, brummte was wie: „Nimmt ständig zu." Er sah Wegener nicht dabei an und konnte ebensogut Korn, den Chef des sechsten K. gemeint haben, der gerade mit zwei Würstchen und einem Stück Torte an ihren Tisch kam. Siegfried Korn war an die zwei Meter groß und athletisch, wenn man von dem Rettungsring um die Taille absah.

Wegener erzählte ihm von seiner Idee mit Altenscheidt und der Montage.

Korn hörte kauend zu.

„Mmmh", brummte er zwischen Bockwurst und Torte, „keine schlechte Idee für einen vom ersten K."

Seine Leute gibbelten.

Wegener wartete, bis der Kuchen hinter Korns kantigen Kieferknochen verschwunden war.

„Erzähl", sagte er und lehnte sich zurück.

Korn steckte sich eine Zigarette an und blies ihm den Rauch unter die Nase.

„Was?" fragte er.

„Wie das läuft mit illegaler Arbeit. Wie man da rankommt. Zu wem man gehen muß. Und so weiter."

Korns Leute verdrehten die Augen. Einer sagte: „Nicht mal in die Kantine kann man mehr gehen, ohne daß einer vom Dienst anfängt", und stand auf.

Die anderen folgten.

Korn blieb sitzen.

„Nirgends arbeiten so viele Subunternehmer wie auf dem Bau. Hochbau, Tiefbau, Straßenbau, wo du willst.

Die übernehmen einen bestimmten Teil des Auftrags einer größeren Firma. Mit eigenen Leuten."

„Und das ist verboten?" unterbrach Wegener.

Korn sah ihn strafend an.

„Wenn sie angemeldet sind, nicht. Aber viele sind nicht angemeldet. Für die zahlt der Sub keine Sozialabgaben. Steuern werden hinterzogen. Alles strafbar, aber billig. Deshalb setzen die Großen im Geschäft sie auch so gerne ein."

„Müssen die nicht überprüfen, ob der Subunternehmer seine Leute angemeldet hat?"

Korn wiegte seinen Quadratschädel.

„Der Sub muß dem Hauptunternehmer eine Unbedenklichkeitsbescheinigung von der Ortskrankenkasse vorlegen, daß seine Leute da versichert sind."

„Und die kriegt er?"

„Immer. Der meldet einfach zehn Leute an, bezahlt für die alle Abgaben und Steuern, und die anderen fünfzig arbeiten schwarz auf verschiedenen Baustellen."

Die Kantine hatte sich geleert. Korn holte nochmal Kaffee und legte Feuer an seine nächste Zigarette. Wegener ließ ihn erstmal schlürfen.

„Wie kommt ihr denen auf die Schliche?" fragte er dann.

„Nur durch Tips. Wenn einer von den Illegalen um seinen Lohn beschissen wird zum Beispiel. Manchmal informiert jemand von der Baustelle die Gewerkschaft, oder beim Arbeitsamt fällt einer auf."

Wegener dachte an ihre Aufklärungsrate von weit über neunzig Prozent. Dann schon lieber Blut sehen, als ständig mit der Stange im Nebel rumstochern.

„Habt ihr eine Liste mit den schwarzen Schafen unter den Subunternehmern?" fragte er.

Korn prustete.

„Schwarze Schafe ist gut. Ich hab' oben eine Aufstellung aller Subunternehmer im Ruhrgebiet. Da hast du die ganze Herde beisammen."

„Kann ich mir davon eine Kopie ziehen?"

„Nein“, sagte Korn, kippte den Rest Kaffee runter, räumte sein Geschirr zusammen und brachte es zur Theke.

Wegener paßte ihn auf dem Weg zur Tür ab.

„Was hast du vor?“ fragte Korn gequält. „Die Subunternehmer abklappern, denen das Foto von deiner Bestie unter die Nase halten und fragen, ob sie den Herrn vielleicht illegal beschäftigen? Wenn du das machst, kannst du deinen Triebtäter gleich vergessen. In jeder zweiten Autobahnbrücke ist ein Illegaler einbetoniert, der aus dem Verkehr gezogen werden mußte.“

„Für wie blöd hältst du mich eigentlich? Ich will auf die Großbaustellen in der Umgebung, mit den Leuten reden, die da arbeiten. In die Wohnheime mit dem Foto.“

„Das wirst du nicht tun“, sagte Korn.

Mehr nicht.

Er drückte Wegener kameradschaftlich zur Seite und ging zur Tür. Seine massige Gestalt füllte den Rahmen und verschwand.

Auf dem Flur holte Wegener ihn wieder ein.

„Kannst du mir vielleicht auch sagen, warum nicht?“

Seine Stimme hallte durch das Treppenhaus. Eine ältere Sekretärin, die mit zwei vollen Plastiktüten aus der Mittagspause zurückkehrte, blieb auf den Stufen stehen und lauschte.

„Weil ich dir das sage“, antwortete Korn ruhig. „Es geht hier um illegale Beschäftigung, und das fällt in mein Kommissariat.“

Er blieb nicht einmal dabei stehen, grüßte die Frau mit den Tüten im Vorbeigehen und stapfte weiter.

Wegener stellte ihn auf dem Treppenabsatz. Er schnaufte vom hastigen Lauf.

„Jetzt will ich dir mal sagen, worum es hier geht. Es geht um Mord. M-o-r-d. Du verstehen? Mord. Erstes Kommissariat. Leiter zur Zeit Kriminaloberkommissar Wegener. Auf Wunsch kannst du das auch schriftlich haben.“

„Und ich sage dir, daß du die Finger von den Subunternehmern läßt, Kriminaloberkommissar Wegener. Das kriegst du auch noch schriftlich. Von oben, mein Lieber, von ganz oben."

17

Daß er nur zwei Tage später wieder mit Bäckers Frau Kaffee trinken würde, hätte Fuchs nicht geglaubt, als er sie nach dem ersten Gespräch verließ.

Schweigsam waren sie beide zum Schluß gewesen und ziemlich ratlos auseinandergegangen. Zu Hause hatte er viel an sie gedacht: ihre Art, über ihn zu lachen, ohne ihm weh zu tun. Wie sie die Zähne dabei zeigte. Daß die Bräune ihr wegen der blonden Haare so gut stand. Wie blau ihre Augen waren. Und daß sie, wenn sie früh genug damit angefangen hätte, seine Mutter hätte sein können.

Komischerweise irritierte ihn das nicht. Nicht einmal, als er abends im Bett lag und übte.

Im Amt schien außer Abi niemand etwas von Bäckers Wetten zu wissen. Er ließ bei allen, die dafür infrage kamen, Bemerkungen über englische Buchmacher fallen, ohne daß jemand darauf ansprang.

Von Rieder, dem Zeitungsmenschen, erfuhr er, daß Bäcker in guten Monaten auch schon mal zweihundert Mark Info-Honorar kassiert hatte, mehr nie. Fuchs dachte an das schäbige Redaktionszimmer des Anzeigenfriedhofs an einer stinkigen Ausfallstraße und glaubte ihm aufs Wort.

Er war aufgeregt gewesen, als Bäckers Frau anrief. Hörte nur mit einem Ohr auf das, was sie erzählte. Lauschte mehr dem Wohlklang ihrer Stimme. Bekam gerade noch mit, daß er am Nachmittag vorbeikommen sollte.

Blumen oder nicht? Um zwei Minuten nach drei stand Fuchs vor dem Laden in der Rathauspassage und besah sich das Grünzeug.

In ihrem Alter standen die Mädels auf Blumen. Er kaufte welche in Blau, passend zu den Augen. Unter den Fenstern des Tiefbauamtes versteckte er den Strauß so gut es ging.

Erste Zweifel kamen ihm im Stau auf der Alleestraße. Vielleicht verstand sie ihn falsch, wenn er mit Blumen auftauchte.

Aus dem Auto nahm er den Strauß noch mit, hielt ihn hinter sich, während er auf das Haus zuging. Als er geschellt hatte und ihre Schritte hinter der Tür auf ihn zukamen, war ihm völlig unklar, wie er verstanden werden wollte. Mit leichtem Schwung ließ er die Blumen seitlich in die Büsche plumpsen.

„Bisher bin ich mit Gerds Tod ganz gut fertig geworden“, begann sie, nachdem Fuchs das Zeremoniell (ablegen, Platz nehmen, Kaffee trinken, Gebäck probieren) hinter sich gebracht hatte.

„Es lief seit Jahren nicht mehr viel zwischen uns. Seit unsere Tochter voriges Jahr aus dem Haus gegangen ist, brauchten wir niemandem mehr was vorzumachen. Auch uns selbst nicht.“

Sie sah ihn an und lächelte verlegen.

„Gerd hat Ihnen davon erzählt, oder?“

Fuchs schüttelte den Kopf. Von zu Hause hatte Bäcker nie gesprochen. Erst jetzt fiel ihm auf, daß seine Frau in den acht Monaten nicht einmal im Büro angerufen hatte.

„Außerdem schien der Fall klar zu sein. Irgendeiner von den Verrückten, die er nach Eickelborn geschafft hat, hat sich gerächt.“

Sie sagte das, als sei es die normalste Sache der Welt, von einem Geisteskranken den Schädel eingeschlagen zu bekommen. Berufsrisiko sozusagen. Künstlerpech.

„Aber seit Sie vorgestern hier waren, hab ich keine Ruhe mehr. Den Abend und die halbe Nacht hab ich mir den Kopf zerbrochen, woher er das Geld gehabt haben könnte. Gestern morgen habe ich angefangen, das Haus zu durchsuchen.“

Sie griff hinter sich, nahm eine braune Umlaufmappe der Stadtverwaltung von der Anrichte und reichte sie ihm.

„Geld hab ich keins gefunden. Aber das hier."

Die Mappe war dünn. Zwei Blätter lagen darin, Fotokopien. Das erste Schreiben trug die Unterschrift des Leiters der Sondergruppe Stadtautobahn. Es war an Stadtbaudirektor Gries gerichtet:

*Bei der Ausschreibung des 3. Abschnitts der Stadtautobahn hat erneut die Firma STRABO das günstigste Angebot eingereicht. STRABO hat bereits die beiden vorigen Bauabschnitte und das Brückenlos der Stadtautobahn durchgeführt. Besonders bei der Abwicklung des Brückenprojektes ist es in letzter Zeit häufiger zu Stockungen und Verzögerungen gekommen. Wie ich aus Kreisen der Geschäftsführung der STRABO erfahren habe, soll sich das Unternehmen in finanziellen Schwierigkeiten befinden.*

*Ich bitte um Entscheidung darüber, ob der Auftrag für den 3. Bauabschnitt an STRABO vergeben und gegebenenfalls eine Vertragserfüllungsbürgschaft in Höhe der Auftragssumme von 3,2 Millionen DM verlangt werden soll.*

Nur drei Tage später hatte der Baudirektor geantwortet. Zwei Sätze:

*Wegen der Sicherung von Arbeitsplätzen in der heimischen Wirtschaft ist der Aufftrag an den günstigsten Anbieter, die Firma STRABO, zu vergeben. Die Vorlage einer Bankbürgschaft ist nicht erforderlich.*

Fuchs klappte die Mappe zu und legte sie beiseite.

„Wo haben Sie das Teil gefunden?" fragte er. „In seinem Schreibtisch?"

Bäckers Frau lächelte.

„Sehen Sie hier einen? Meinen Sie, Gerd hätte sich Arbeit mit nach Hause genommen?"

„Scheinbar schon", warf Fuchs hin und tippte auf die Mappe.

Die Frau stand auf, ging rüber zu einer Schrankwand und öffnete eine Schreibklappe.

„Hier hat er seine Unterlagen aufbewahrt. Versicherungen, Bausparkasse, Steuern, Garantiescheine. Den ganzen Krempel, mit dem ich mich rumschlagen muß, seit er tot ist. Irgendwo dazwischen lag die Mappe."

Er warf einen Blick in das Schreibfach. Falls Bäcker hier irgendeine Ordnung gehalten hatte, war es seiner Frau gelungen, auch die geringste Spur davon in kürzester Zeit zu verwischen.

Fuchs stocherte ein bißchen in dem Papierdschungel herum.

„Haben Sie alles durchgesehen?" fragte er.

Sie lächelte.

„Sieht man das nicht?"

Er nickte, setzte sich zurück an den Tisch und las den Schriftwechsel zum zweiten Mal.

Der Text blieb derselbe.

Bäckers Frau war von hinten an den Sessel getreten und sah ihm über die Schulter. Ihre Nähe wärmte seinen Rücken.

„Verdeutschen Sie mir das mal", sagte sie und legte ihre Hände auf die Rückenlehne des Sessels, ziemlich nah bei seinen Schultern.

Vorsichtshalber drehte er sich nicht um, blieb wie angenagelt sitzen und redete die Wand an.

„Städtische Aufträge werden öffentlich ausgeschrieben. Die Firma, die das günstigste Angebot einreicht, wird in der Regel genommen, aber nicht automatisch. Wenn unsere Techniker zum Beispiel Zweifel haben, ob die Firma die Arbeiten überhaupt ausführen kann, weil sie zu klein oder zu unerfahren oder wer weiß was ist, nehmen sie die zweitbilligste. Das hier wäre so ein Fall. Da muß man entweder jemand anderen beauftragen oder wenigstens eine Bürgschaft fordern."

„Hat man aber nicht."

„Wegen der Sicherung von Arbeitsplätzen in der heimischen Wirtschaft", zitierte Fuchs und schnaufte. „Wenn die STRABO wirklich vor der Pleite steht, dann rettet sie so n Auftrag auch nicht mehr, und wenn nicht, hätte sie die Bankbürgschaft jederzeit bekommen. Gegen die entsprechenden Zinsen natürlich. Die hat man jetzt gespart."

Bäckers Frau kam um den Sessel herum und setzte sich vor ihm auf die Tischkante. Ihre mandelförmigen Schneidezähne perforierten die Unterlippe.

„Was wollte Gerd? Warum hat er so was gesammelt?"

Fuchs überlegte nicht lange.

„Aus dem Kaufvertrag hat er versucht, Geld zu machen. Das hier ist das nächste schmutzige Geschäft. Er wird es wieder probiert haben."

„Die Zeitungen haben ihn doch schon beim ersten Mal abblitzen lassen."

„Es gibt noch ein paar Möglichkeiten mehr, um seinen Schnitt aus so einer Sache zu machen", dozierte Fuchs.

Bäckers Frau sah ihn von der Seite an.

„Und was soll ich nun tun?"

Sie tippte mit dem Zeigefinger auf die Mappe.

„Soll ich damit zur Polizei gehen?"

Fuchs schnaubte. „Ich hab Ihnen doch vorgestern erzählt, was dabei rauskommt. Dieser Arsch von einem Kommissar rennt zum Baudirektor, fragt ihn pro forma, was das soll, läßt sich von Gries belatschern und fertig. Wenn's hochkommt, interviewt er noch den Chef von STRABO. Was der ihm erzählt, bringt ihn auch nicht weiter. Was wird er also machen?"

Fuchs legte eine Kunstpause ein und sah die Frau triumphierend an.

Sie schwieg.

„Nichts", antwortete er sich selbst. „Gar nichts. Der jagt seine Bestie von Bochum, wenn's sein muß bis nach Posemuckel, und wenn er das arme Schwein hat, nimmt er den solange in die Mangel, bis er alle ungeklärten Morde in Bochum und Umgebung seit der Währungsreform gesteht. Anschließend bringen sie ihn zurück in die Klapsmühle und lassen ihn da verrotten."

Fuchs war immer lauter geworden, hatte zum Schluß fast

geschrien. Jetzt stand er auf und lief Furchen in den Berberteppich.

„Diesmal kriegt der das nicht sofort", bestimmte er nach der vierten Raumdurchquerung und griff sich die Mappe. „Diesmal nicht."

Er holte seine Jacke aus dem Garderobenschrank im Flur und hielt der staunenden Witwe die Hand hin.

„Ich guck erstmal selbst, was an der Sache dran ist", sagte er. „Zur Kripo können wir immer noch gehen."

Bäckers Frau machte kein besonders glückliches Gesicht, widersprach aber nicht. Sie brachte ihn zur Tür.

Draußen klaubte Fuchs die Blumen wieder auf und marschierte zum Wagen.

## 18

Er kannte nur das fertige Stück der Stadtautobahn, einen vierspurigen Tunnel, dessen Eingang die Schlote des Kraftwerks bewachten. Der Oberbürgermeister hatte ihn im Kommunalwahlkampf mit Freibier, Blasmusik und Scherenschnitt für den Verkehr freigegeben.

Am nächsten Morgen – Fuchs hatte sich bei Swoboda zum Außendienst abgemeldet – fuhr er mit dem Fiesta ans andere Ende der Trasse. Ein Schild, so groß wie ein Möbelwagen, verkündete, daß hier die Stadt Bochum mit Hilfe von Land und Bund den dritten Abschnitt der Stadtautobahn errichtete. Daneben genauso groß das Emblem der STRABO, eine rote Straße auf weißem Grund.

Fuchs parkte den Wagen am Straßenrand und umkurvte die Schilder. Eine graubraune Schneise, breit wie ein Fußballfeld und so lang, daß er ihr Ende nicht sehen konnte, gähnte ihn an. In den breiten Spuren, die die Ketten der Raupen ins rohe Fleisch der Erde gefräst hatten, stand bleigraues Wasser. Das einzige Fahrzeug, das er sah, war ein klappriger Handwagen, den sein Besitzer einen Hang heruntergekippt hatte.

Rechts am Rand fand er eine geschotterte Piste und machte sich auf den Weg.

Nach einem halben Kilometer stand Fuchs vor einer Lehmwand. Graues Wasser schoß über eine Betonrutsche auf ihn zu und verschwand unter seinen Füßen in einem mannshohen Kanal.

Er kraxelte die Barriere hinauf. Ein grasbewachsener Vorflutgraben, der die Abwässer von halb Bochum zur Emscher leitete, endete hier.

Fuchs hielt sich am Rand der Kloake, wich alle paar Meter dem Stumpf eines gefällten Baumes aus und kam schließlich an einen gemauerten Steg, der von den benachbarten Gärten über den Graben ins schlammige Nichts der Baustelle führte.

Die Gärten glichen jenen Streifen entlang der Eisenbahn, in denen gehörlose Hobbygärtner ihre Freizeit verbringen. Statt mit den Ohren mußten Leute, die hier an warmen Sommertagen weilten, Schwierigkeiten mit dem Geruchssinn haben.

Weiter vorn, wo die Raupen vor den letzten Bäumen haltgemacht hatten, lagen die Container der Bauleitung. Wie beim Aufräumen vergessene Bauklötze.

Fuchs steuerte auf sie zu.

Ein Mann in blauem Arbeitszeug und gelben Gummistiefeln stapfte die Stufen eines aufgebockten Containers hinunter und sah zu ihm herüber.

„Wat wolln Sie denn hier?“ rief er, als Fuchs auf zehn Meter heran war.

„Erdbeeren pflücken.“

Den Mann schien die Antwort nicht zu befriedigen. Er kam Fuchs ein Stück entgegen und pflanzte sich vor ihm auf.

„Nicht pampig werden, Bürschchen“, zischte er und machte ein Gesicht, das er für furchterregend hielt. Er war an die fünfzig Jahre, kräftig, aber nicht so, daß es einem Angst einjagte. Der Wind blies ihm Strähnen seiner dünnen braunen Haare in die Stirn.

Fuchs tat einen Schritt zur Seite und versuchte vorbeizukommen. Der Blaumann ließ ihn nicht.

„Betreten der Baustelle verboten“, leierte er. Fuchs hätte sich nicht gewundert, wenn noch „Eltern haften für ihre Kinder“ hinterhergekommen wäre.

„Also gut“, seufzte er, kramte den Dienstausweis aus der Brieftasche und hielt ihn dem Nachtwächter unter die Nase.

Der Mann nahm den Kopf ein Stück zurück und entzifferte den kurzen Text mit zusammengekniffenen Augen. Als er beim Siegel und der schwungvollen Unterschrift des Amtsleiters angekommen war, zog Fuchs den Ausweis wieder ein. Sein Gegenüber blickte zerknirscht und vergaß vor lauter Ehrfurcht, den Weg freizumachen.

„Ich kannte Sie ja nicht, Herr Oberinspektor. Und gerade auf junge Leute soll ich besonders aufpassen, hat der Schachtmeister gesagt.“

„Und warum?“

„Weil die uns immer die Maschinen kaputtmachen.“

Fuchs sah sich sicherheitshalber noch einmal um.

„Ich seh hier keine Maschinen“, sagte er.

Der Bauarbeiter nickte heftig.

„Dat isset ja gerade. Die ham doch die ganze Baustelle stillegen müssen wegen denen.“

„Wegen wem?“

„Wegen die Choten da hinten.“

Er zeigte mit der Hand über die Brücke, unter der die Autobahn durch sollte. Außer Schrebergärten und einer alten Schule konnte Fuchs nichts Chaotisches entdecken.

Der Baumann merkte das.

„Die Hausbesetzer aussem Abbruchviertel, wo wir als nächstes hermüssen. Ganzen Tach liegense mittem Arsch im Bett, und nachts schüttense uns Zuckerwasser im Tank.“

Wie oft so was vorgekommen war, konnte der Aufpasser nicht sagen.

„Müssense den Bauleiter fragen, aber der ist nich hier.“

„Und wie lange liegt die Baustelle schon still?“
„Seit Rosenmontag.“
Mehr war aus dem Mann nicht herauszukriegen. Fuchs ließ ihn stehen.
Hinter der Brücke führte die Trasse an der Rückfront einer Häuserzeile, Marke Sozialer Wohnungsbau, Baujahr schätzungsweise 1960, vorbei. Bis auf einen zehn Meter breiten Rasenstreifen war den Leuten von ihrem Blick ins Grüne nichts geblieben. Als Entschädigung bekamen ihre Wohnungen gerade Isolierglasfenster eingebaut, was Wert und Miete zweifelsohne mächtig steigern würde.
Fuchs ging an der Straßenseite entlang und warf ab und zu zwischen zwei Häusern einen Blick auf die angeschnittene Schrebergartenkolonie am anderen Ufer der Schlammpiste. Dann war die Straße zu Ende und mit ihr der braune Lindwurm, dem er gefolgt war. Er stand vor dem Abbruchviertel, das der Autobahn im Wege lag.
Es begann mit fünf verwahrlosten Altbauten, Backsteinhäusern, deren Ziegel räudig, grau, unverputzt dem Wetter trotzten. Ausgefranste Bettlaken flatterten zwischen den Fenstern, mit Parolen, die der Wind durcheinanderbrachte. Blinde Fenster mit lila Rahmen.
An der Straßenecke hatten die Bagger einen Platz geschaffen. Der Trümmerschutt war weggeräumt. Nur die Tapeten an den Giebelwänden der stehengebliebenen Häuser erinnerten daran, daß hier einmal wer gewohnt hatte.
Es ging gesitteter zu an dieser Straße. Blumenfenster gab es, mit Häkelgardinchen, und wenn nicht irgendein farbenfroher Zeitgenosse *Arbeit ist Verrat am Proletariat* in Rosa über eine Tür gesprüht hätte, niemand wäre auf die Idee gekommen, daß hier Hausbesetzer am Werke waren.
Um die Ecke gab es noch eine Straße mit ganz normalen Mietshäusern, von denen einige zur Hälfte leer standen. Vor einer ausgedienten Schule, in der arbeitslose Jugendliche Möbel reparierten, machte Fuchs kehrt. Außer einem Straßenköter begegnete ihm auf dem Rückweg niemand.

Es war elf.

Mit den Schlafgewohnheiten der Hausbesitzer schien sich der Baumensch auszukennen. In der Telefonzelle an der Ecke bestellte Fuchs ein Taxi und ließ sich für vier Mark fünfzig zurück zum Wagen bringen.

Mit den Leuten von der Sondergruppe Stadtautobahnbau hatte Fuchs nichts im Sinn. Die Herren Ingenieure hockten in einem der verschachtelten Rathausanbauten, waren dem Baudirektor persönlich unterstellt und ließen diesen Sonderstatus so weit heraushängen, daß sie selbst darüber stolperten. Von denen war nichts zu erfahren. Die Techniker der Straßenbauabteilung boten sich da schon eher an. Wegen der Abrechnungen hatten sie häufig mit der Verwaltungsabteilung zu tun.

Fuchs suchte sich eine Straße heraus, die die STRABO gebaut hatte, blätterte die Akte durch, dachte sich ein paar dumme Fragen aus und marschierte ins vierte Stockwerk.

Wie immer bei naßkaltem Wetter war niemand im Außendienst. Die Techniker bevölkerten ihre Büros, redeten aufeinander ein oder heuchelten Hektik, wenn ein Gruppenleiter in der Nähe war.

Fuchs fragte nach dem zuständigen Mann.

„Die Konradstraße hat der Kutz gebaut“, sagte einer. Sie sagten immer, der und der hat die Straße gebaut, wenn sie den Mann meinten, der für die Stadt die Bauaufsicht geführt hatte.

Kutz war einer der älteren in der Abteilung, unbeholfen, was den Verwaltungskram anging. Vor dem Zechensterben hatte er als Steiger auf Dahlhauser Tiefbau gearbeitet und war danach durch Beziehungen bei der Stadtverwaltung untergekommen.

Fuchs ging mit ihm die Abrechnung durch, ließ sich über Deckenstärken, Gehwegbreiten und die Anzahl der Sinkkästen aufklären. Vielleicht ist Ausgleichsamt ja doch nicht so schlecht, dachte er, während Kutz’ blaugenarbter Zeigefinger immer neue Zahlen aufspießte.

„Baut die STRABO oft kleine Straßen wie die hier?“ fragte er so beiläufig wie möglich. Kutz nickte.

„Kleinvieh macht auch Mist.“

„Und ich hab die immer für Großbauern gehalten.“

„Sind sie auch“, lachte Kutz, „aber heutzutage nehmen auch die Großen alles, was kommt.“

„Und wenn's bloß ne mickrige Stadtautobahn ist.“

Kutz horchte zum Nachbarzimmer, in dem drei Kollegen über einen Plan gebeugt schwadronierten.

„Gott sei Dank haben wir damit ja nichts zu tun“, murmelte er. „Sollen die Sonderingenieure mal sehen, wie sie die fertigkriegen.“

„Warum kommen die denn nicht weiter mit dem Ding?“

Kutz zuckte mit den Achseln und schwieg.

„Wegen der Hausbesetzer?“

Der Alte blies die Luft scharf durch die Nase aus.

„Soviel wie ich weiß, stören die noch gar nicht.“

„Die Baustelle liegt aber trotzdem still.“

Kutz stand auf und ging zum Fenster. Man konnte weit sehen von hier oben, über das Stahlwerk und die Viertel davor.

„Ich bau gerade eine neue Straße in Weitmar. Auch mit der STRABO. Seit vierzehn Tagen haben die da keinen Schüppenstiel angepackt.“

„Warum?“

„Das hab ich den Bauleiter auch gefragt. Aber der sagt nichts. Unter der Hand hört man, daß da die Pleitegeier kreisen. Aber wie gesagt, unter der Hand.“

## 19

Fuchs' Wagen rollte über die breite Hauptstraße des Industrieparks, den die Stadt vor zehn Jahren angelegt hatte. Bogenlampen schütteten ihr kaltes Licht auf die Fahrbahn. Gehwege, zwischen deren Platten Grasbüschel klemmten, glitten vorbei. Hinter immergrünen Gehölzen duckten sich flache, schmucklose Hallen.

Er drosselte das Tempo, um die Firmenschilder an den zurückliegenden Gebäuden entziffern zu können. Auf Leuchtreklame hatten die Inhaber verzichtet. Abends war hier draußen niemand, den sie anlocken konnten.

Auf der anderen Seite, wo eine kaum schmalere Straße in den Highway mündete, flammte das Lichtband einer Büroetage auf. Laut Plan mußte dort der Betriebshof der STRABO sein.

Fuchs steuerte den Fiesta auf den Parkstreifen, stieg aus und ging hinüber.

Eine halbhohe Mauer umschloß das Eckgrundstück, darauf ein mannshohes Gitter aus Vierkanteisen. Der Hof dahinter lag im Dunkeln. Schemenhaft erkannte er die Umrisse von Baumaschinen. Raupen, die ohne Probleme ein mittleres Einfamilienhaus wegschieben konnten, Bagger mit demütig gesenkter Schaufel und einen flachgelegten Baukran. Wie eine Herde Elefanten drängten sie sich rechts vor den überdimensionalen Garagen.

Im Pförtnerhäuschen lief ein Fernseher, dessen fahles Licht die Glaskiste ausleuchtete. Der Portier hatte die Beine auf den Tisch gelegt und bestaunte den kleinen Bildschirm. Hinter der Glaskanzel lag die Einfahrt. Ein Laufgitter versperrte den Raum zwischen Pförtnerloge und der Fahrzeughalle, dessen Rückfront den Bauhof zum Nachbargrundstück abschloß. Auf der Giebelwand prangte das Emblem der STRABO.

Fuchs blieb stehen.

Vor ihm zog sich die Straße mit dem schmalen Mittelstreifen, die nach hundert Metern abrupt endete, verschluckt vom Schwarz der Felder. Am Horizont spiegelte sich das Essener Lichtermeer unter den dünnen Wolken. Irgendwo weiter weg rauschte ein Zug vorbei.

Im Pförtnerhäuschen läutete das Telefon. Der Mann nahm die Beine vom Tisch, nickte mit dem Hörer am Ohr und legte auf.

Er verließ die Glasbox, ging über den Platz und machte sich an einem der Scheunentore zu schaffen.

Im Bürogebäude wurde die beleuchtete Etage dunkel. Das Flurlicht sprang an und beschien drei Männer, die das verglaste Treppenhaus hinunterkamen. Vor dem Eingang blieben sie stehen und redeten kurz miteinander, ehe sie sich trennten. Einer ging nach links weg, die beiden anderen spazierten zu der Garage, die der Pförtner geöffnet hatte.

Fuchs stieg auf das Mäuerchen, um besser sehen zu können. In der Halle hinter der Tür stand ein Tieflader. Einer der Männer kletterte ins Führerhaus.

Der Motor brummte auf wie eine gemischte Raubtiergruppe vor der Fütterung.

Mit der Schnauze voraus kroch der Transporter ins Freie. Das Fernlicht flammte auf und schoß an Fuchs vorbei durch das Gitter. Dann blendete der Fahrer ab.

Inzwischen war die benachbarte Tür von innen geöffnet worden, und das gleiche Spektakel wiederholte sich mit einem zweiten Brummer.

Die Wagen standen so, daß Fuchs nicht auf die Ladefläche sehen konnte. Er hing am Gitter und wartete.

Nach ein paar Augenblicken kam der Pförtner zwischen den Lastern zum Vorschein und flitzte in seinen Glaskasten. Fast geräuschlos schob sich das Laufgitter zur Seite. Einer der Tieflader heulte auf und kreiste in weitem Bogen auf die Einfahrt zu.

Auf der Ladefläche standen zwei Oldtimer. Der Lack der Autos glänzte, als sich der Transporter am Pförtnerhaus vorbei auf die Straße schob.

Fuchs drückte sich enger an das kalte Eisengitter. Er trug keine Handschuhe. Seine Finger fühlten sich an, als ob sie nicht zu ihm gehörten.

Auf dem Hof setzte sich der andere LKW in Bewegung, zwei weitere Veteranen der Landstraße auf dem Buckel. Der Fahrer beschleunigte, als er den Engpaß überwunden hatte, und donnerte seinem Vordermann hinterher.

Das Laufgitter schob sich vor die Einfahrt, der Pförtner legte die Beine hoch und sah in die Röhre, der Bauhof lag düster und verlassen.

Fuchs hüpfte von der Mauer. Er blickte den Lastern nach, die weiter vorn vor einer Ampel hielten und dann rechts in die Hauptstraße bogen, ging zu seinem Wagen zurück, startete und knipste das Gebläse auf volle Touren. Warmluft taute seine Eisfüße.

Die Ampel sprang auf Rot. Zeit zum Überlegen. Rechts hinter den Oldies her oder links ab zu Schildkröten und Hering in Gelee? Er blinkte rechts und hatte die Tieflader nach einem Kilometer vor sich.

Mit siebzig dröhnten sie auf die B 1 zu, ordneten sich unter der Eisenbahnbrücke ganz links ein und gondelten durch die große Schleife Richtung Dortmund. Fuchs hielt so viel Abstand wie möglich, um nicht aufzufallen. Allzuweit zurückfallen lassen ging auch nicht.

Die Ausfahrten folgten in kurzen Abständen. Vor ihm pflügten die Laster den Ruhrschnellweg, vorbei an den Restposten der Bochumer Industrie, einem angestrahlten Gasometer und dem Schlachthof, der sich auf neue Schweine freute. Am Autobahnkreuz verließen sie die B 1 und bogen auf die A 43.

Fuchs überlegte, wohin ihn die Brummer führen konnten. Da war das nördliche Ruhrgebiet, Herne, Recklinghausen, Castrop-Rauxel. Dahinter plattes Land bis Münster. Es konnte weitergehen über Osnabrück nach Bremen und Hamburg und von da in die große weite Welt. Oder links ab nach Ostfriesland.

Er war beim Bund nach der Grundausbildung in einer Kaserne irgendwo zwischen Lingen und Emden verrottet, das nächste Dorf fünf Kilometer entfernt, mit einem Gasthof und dem Schild: *Jeden Samstag Tanz. Es spielt: Die Kapelle.* Damals hatte er sich geschworen, diese Gegend fürderhin zu meiden. Er hatte nicht vor, diesen Schwur zu brechen.

Die Tieflader ließen sich von seinen Betrachtungen nicht

beeindrucken. Ruhig zogen sie durch die Nacht, gleichmäßig achtzig, stur rechts.

Hinter Recklinghausen leerte sich die Autobahn völlig. Nur ab und zu jagte jemand auf der linken Spur an ihnen vorbei. Fuchs fuhr so, daß er die Rücklichter des hinteren Lasters gerade noch erkennen konnte, scherte an jeder Ausfahrt auf die Parallelfahrbahn, um nach einigen hundert Metern wieder hinter den LKWs aufzutauchen. Er kannte den Trick aus dem Fernsehen. Verfolgungsjagden waren seine Lieblingsszenen. Brutale Gangster, hartgesottene Detektive, schnelle Wagen, Action.

Dies hier war das genaue Gegenteil: Ein Kommunalbeamter im abgetragenen Kleinwagen verfolgt zwei Tieflader durchs Münsterland. Weshalb, weiß Oberinspektor Fuchs selbst nicht so genau. Wahrscheinlich ist es die heiße Fracht, bestehend aus vier alten Autos, die ihn nicht ruhen läßt. Eine Stunde ist er den Unholden schon auf den Fersen. Unaufhaltsam donnert der Konvoi auf Appelhülsen zu. Wird er hier den Highway verlassen, um sich Nottuln, der Perle der Baumberge, zuzuwenden?

Es war halb zwölf und die letzte Abfahrt vor Münster, als der Tieflader vor ihm rechts blinkte. *Senden fünf Kilometer*, zeigte ein Pfeil nach rechts. Die Laster bogen links ab, überquerten die Intercity-Strecke und stießen auf ein Dorf, dessen Namen Fuchs in der Eile übersehen hatte.

Das Nest bestand aus einer Straße, die die Tieflader ohne Mühe ausfüllten. Am Ortsausgang verengte sie sich nochmal. Die Fahrer drosselten das Tempo und schlichen auf einem besseren Feldweg in die Dunkelheit.

Fuchs stoppte bei den letzten Häusern. Der Auto-Atlas lag im Handschuhfach. Nach einigem Blättern hatte er die richtige Seite. Laut Karte gab es hier kilometerweit nur Taiga. Er legte das Buch weg und jagte den Wagen hinterher. Als sie vor ihm auftauchten, schaltete er das Licht aus.

Es war eine klare Nacht. Der Wind trieb die wenigen Wolken wie Papierknäuel vor sich her, die Sterne strahlten mit dem halbfetten Mond um die Wette. Der asphaltierte

Weg hob sich hell gegen die dunklen Weiden ab. Zäune und Hecken zerschnitten das weite Land. Waldstücke zogen vorbei. Es wurde sogar ein bißchen wellig, nicht gerade hügelig, aber uneben genug, daß die Münsterländer die Gegend Baumberge nannten.

Dann waren die Rücklichter weg.

Fuchs hielt auf einer kleinen Anhöhe. In der Mulde dahinter war Licht.

Die Laster standen auf der Straße vor einem Gebäude, von dem Fuchs nicht wußte, wie er es einordnen sollte. Er stieg aus, um besser sehen zu können. Ein Wall umgab den Komplex, darauf in regelmäßigen Abständen Bäume, deren Äste wie dürre Finger in den Nachthimmel griffen. Es gab beleuchtete Fenster in dem der Straße abgewandten Teil des Gebäudes, ebenerdig eins und mindestens zwei Stockwerke hoch. Weiter vorn, wo die Laster standen, brannten größere Lampen. Stimmen drangen von dort zu ihm herüber und das Geräusch, das schwere Eisenteile machen, wenn man sie fallen läßt.

Vorsichtig drückte er die Tür ins Schloß und ging näher heran.

Sie waren beim Abladen. Mehrere Männer schoben den ersten Wagen von der Ladefläche und rollten ihn durch eine Einfahrt in den Hof. Als sie verschwunden waren, hastete Fuchs die letzten hundert Meter bis zum Wall und blieb dort hocken, bis er wieder ruhiger atmete. Die Böschung war seifig. Er rutschte beim gebückten Gehen aus und konnte sich nur mit Mühe auf den Beinen halten. Oben suchte er Deckung hinter einem der Baumriesen.

Er stand vor einer Wasserburg. Glatte Mauern ragten aus dem Wassergraben, bildeten ein Karree um den Innenhof, auf dem das Auto verschwunden war. Eine Brücke führte über die Gräfte dorthin. Über sie kamen die Männer zurück.

Es waren vier. Sie kletterten auf die Ladenfläche, lösten die Verankerung des zweiten Oldies und schoben ihn, nachdem sich einer ans Steuer gesetzt hatte, auf die Straße und von da über die Brücke in den Hof. Als sie zurückkehrten, setzte einer der Fahrer den leeren Tieflader zurück. Wie von einer Schnur gezogen, glitt der Brummer an Fuchs vorbei und hielt wenige Meter hinter ihm. Das Fernlicht flammte auf.

Bevor Fuchs hinter dem Baum verschwinden konnte, erfaßten ihn die Strahlen und warfen seinen riesigen Schatten gegen die Mauer der Burg.

Zum Verschwinden war es zu spät. Der Fahrer hatte seine Kabine bereits verlassen und stand nach ein paar schnellen Schritten neben ihm.

„Wat willst du denn hier, Bursche?“ fuhr er ihn an und massierte Fuchs’ Schulter mit einer Hand, für die die Bezeichnung Pranke eine mittlere Schmeichelei bedeutet hätte.

Fuchs schwieg.

„Komm, spuck aus, Junge“, brummte der Mann. Er hatte ein breites Gesicht mit verschlafenen Hundeaugen, die Fuchs treu anschauten, während der Klodeckel von einer Hand seine Schulter weichwalkte.

„Ich bin spazierengegangen“, begann Fuchs und merkte an dem steigenden Druck auf seiner Schulter, daß das kein guter Anfang war. Es gibt aber keinen besseren, wenn man nachts um zwölf hinter dicken Bäumen beim Spionieren erwischt wird, dachte er und versuchte, seine Schulter freizubekommen. Es ging nicht.

„Mensch, Junge“, schnaufte der Fahrer, „erzähl nich son Scheiß. Du schnüffelst hier rum, steckst deine Nase in anderleuts Angelegenheiten und spielst dann noch den Doofen. Ich sach dir eins: Mach, daß du wegkommst! Aber ganz schnell, und laß dich nie wieder blicken, sonst klopp ich dir den Kopp zwischen den Ohren weg.“

Er schüttelte Fuchs während seiner Ansprache wie eine krümelige Tischdecke und ließ ihn dann rücklings den Wall hinuntersausen. Ohne sich umzusehen, galoppierte Fuchs zu seinem Wagen zurück, wendete und gab Gas. Sein rechter Arm schmerzte beim Schalten.

# 20

Heinz Erhardt saß mit Korn am Besprechungstisch und tuschelte, als Wegener Punkt neun das Büro des Kripoleiters betrat.

„Ach, da kommt der zweite Streithahn ja auch schon", gibbelte er, hielt Wegener ohne aufzustehen seine quabbelige Hand hin und strahlte.

Korn nickte knapp. Seine breite Stirn warf Falten wie das Watt bei Ebbe. Schwarze Ringe beschatteten seine Stechaugen.

Wegener klemmte sich ihm gegenüber an den Tisch und schwieg. Er haßte es, sich mit Kollegen vor Vorgesetzten zu streiten. Das gab denen nur Gelegenheit, den Chef heraushängen zu lassen, sich auf die eine oder andere Seite zu schlagen oder salomonische Urteile zu fällen, die niemandem nützten.

„Sie hatten um dieses Gespräch gebeten, Wegener", begann Heinz Erhardt. „Vielleicht fangen Sie als der jüngste in unserer Runde einmal an und schildern die Sache aus Ihrer Sicht."

Wegener kannte dieses Ritual: Sachvortrag durch den zuständigen Beamten, obwohl alle wußten, worum es ging. Meist folgte dann ein sogenannter Meinungsaustausch: Die eigene Meinung wurde gegen die des Vorgesetzten ausgetauscht.

Lustlos rapportierte er den Stand der Ermittlungen im Fall Bäcker, erläuterte seine Idee mit den Subunternehmern, bei denen Altenscheidt untergekommen sein könnte.

Heinz Erhardt zeigte seine präsidiumsweit bekannte Dienstbesprechungshaltung. Er hatte den Kopf auf die Seite gelegt, den Mund leicht geöffnet und die Ohren auf Durchzug gestellt.

Korn gab sich erst gar keine Mühe, den interessierten Zuhörer zu mimen. Er blätterte in dem Stapel Papier, der vor ihm auf dem Tisch lag, hakte mit dem Kuli Sachen ab.

Erst als Wegener in groben Zügen darstellte, wie die weitere Fahndung nach Altenscheidt aussehen sollte, horchte er auf.

Er fingerte eine Zigarette aus der Hartbox, steckte sie an und zog gierig daran. Den Rauch schluckte er runter, weigerte sich eine Zeitlang, ihn wieder rauszurücken, und ließ ihn schließlich widerwillig in kleinen Wölkchen aus der Nase entweichen.

„Wird gemacht, Wegener, wird alles gemacht“, nickte er.

„Was wird gemacht?“

„Das, was du vorschlägst. Nur etwas anders.“

Wegener sah ihn groß an.

„Wir werden die Subunternehmer nicht einzeln abklappern, sondern alle auf einen Schlag. Großrazzia nennt man so was bei uns im Sechsten. Hast du sicher schon von gehört. Oder nehmen die das heute auf der Fachhochschule nicht mehr durch?“

Wegener überhörte den Standardspruch aller altgedienten Kripoleute. Seit sich die frischgebackenen Kommissare Diplom-Verwaltungswirte schimpften, ging das schon so und würde wohl erst enden, wenn der letzte alte Hase pensioniert war.

„Warum steigt ihr jetzt so groß ein?“ fragte er.

„Weil wir endlich was gegen die Subs in der Hand haben. Zwei von meinen Leuten machen seit einem halben Jahr nichts anderes, als in dem Bereich zu recherchieren. Alles, was wir wußten, haben sie erst mal hinternandergeschrieben, dann mit den Steuerfahndern die Erkenntnisse abgeglichen, vom Arbeitsamt Informationen eingeholt. Als wir einmal dran waren, stießen wir auf neue Informanten. Schwarzarbeiter, die um ihren Lohn betrogen wurden. Angemeldete, die sauer auf die Illegalen sind, weil die zweimal kassieren: beim Arbeitsamt und auf dem Bau. Betriebsräte, weil die Hälfte der Bauarbeiter arbeitslos ist oder kurzarbeitet. Jetzt wissen wir eine ganze Menge. Zum Beispiel, daß die Subs ein richtiges Syndikat aufgebaut haben. Nach dem Vorbild der Mafia. Mit vielen Kleinen ganz unten und zwei Großen an der Spitze. Dazwischen tummelt sich alles, was in der Branche Rang und Namen hat. Bei der Razzia nehmen wir die ganze Blase mit einem Schlag hoch."

Korn lehnte sich in seinem Stuhl zurück. Er grinste zufrieden und blinkerte Wegener schadenfroh an.

„Stell dir vor, du wärst jetzt von Baustelle zu Baustelle gezogen. Ich hätte die ganze Chose abblasen können."

„In der Tat, Korn, in der Tat", lachte Heinz Erhardt.

Wegener wartete, bis er sich beruhigt hatte.

„Wann soll die Veranstaltung denn steigen?"

„Das erfährst du Donnerstagmorgen um neun bei der Einsatzbesprechung im Versammlungsraum."

„Soll ich noch ein paar von meinen Leuten mitbringen?"

Korn sah ihn mitleidig an. „Wir haben 200 Beamte im Einsatz. Ich denke, das reicht fürs erste."

Heinz Erhardt fand auch das komisch. „Zufrieden, Wegener?" kicherte er.

Korn strahlte. Er konnte es sich nicht einmal verkneifen, ihn auf die Geheimhaltung hinzuweisen.

„Gut, daß du mich dran erinnerst", konterte Wegener, „sonst hätte ich's womöglich meiner Mutter erzählt."

## 21

Das Handelsregister befand sich in dem Teil des Justizpalastes, der wie die meisten Gebäude der Innenstadt in den Wiederaufbaujahren hochgezogen worden war. Über quietschendes Linoleum stieg Fuchs in den dritten Stock und trat ohne anzuklopfen ein.

Hinter dem Schreibtisch hockte ein mausgrauer Beamter mit einem Gesicht, in dem schon jemand anderes übernachtet zu haben schien. Ohne aufzusehen, stocherte er in einer dünnen Akte herum, krakelte sein Namenszeichen hinter irgendwelche Eintragungen, griff aus einem dreistöckigen Ständer immer neue Stempel und drückte sie sorgfältig auf Karteikarten, Vordrucke und Durchschläge. Fuchs wußte nicht, wonach es hier mehr roch, nach Stempelfarbe oder Bohnerwachs.

„Den Handelsregisterauszug der Firma STRABO möcht ich gern einsehen“, sagte er.

Der Mann hinter dem Schreibtisch sah ihn an wie eine Erscheinung, stand dann auf und verschwand wortlos im Nebenraum. Fuchs bestaunte das Büro, als sähe er so was zum ersten Mal. Den kantigen Schreibtisch mit dem üblichen Gefummel, das schmuddelige Behördenhandtuch neben dem Waschbecken, die Fensterbank, auf der drei Topfpflanzen vor sich hinmickerten, den Werbekalender irgendeiner Lebensmittelkette. Zusammengehalten vom undefinierbaren Pastellton der Rauhfaser und dem Waldmeistergrün der Leinenvorhänge, strahlte der Raum die anheimelnde Atmosphäre einer Leichenhalle aus.

Die dazugehörige Leiche schlurfte herein und gab ihm das gewünschte Handelsregisterblatt. Fuchs klemmte sich an das Besuchertischchen hinter der Tür und las.

Die STRABO war die erwartete GmbH & Co. KG, mit fünfzigtausend Mark Stammkapital der persönlich haftenden GmbH und weiteren fünfhunderttausend, die der Geschäftsführer der STRABO, Dr. Herbert Wiegand, eingebracht hatte. Laut Eintragung war Wiegand berechtigt, die Gesellschaft allein zu vertreten. Weiter enthielt das Blatt keine Informationen, wenn man von dem juristischen Kauderwelsch absah, mit dem der Aktenknecht die Spalte *Rechtsverhältnisse* gefüllt hatte. Vor allem gab es keine Hinweise auf die finanzielle Situation der Firma.

Zurück im Tiefbauamt griff Fuchs zum Telefonbuch. Wiegand wohnte Am Felde, eine Straße in Wiemelhausen, von der er noch nie etwas gehört hatte, obwohl sie in seinem Bezirk lag. Mein Bezirk, dachte er und sah auf das rotumrandete Stück Bochum auf der Karte an der Wand. *Straßennamen von A bis K: Bäcker, von I bis Z: Fuchs,* hatte Bäcker mit einem dicken Filzstift auf den Plan geschrieben, als er vor acht Monaten ins Amt gekommen war. Bald würde beides nicht mehr stimmen. Ein paar Abrechnungen noch, dann war auch für ihn Schluß mit Erschließungsbeiträgen.

Ein paar Abrechnungen noch war gut. Auf Bäckers Schreibtisch türmten sich die Akten, die er vom Archivar hatte heraussuchen lassen. Mindestens einmal am Tag schob Swoboda sein Pferdegesicht durch die Tür, um ihn anzutreiben.

Doch statt beitragsfähigen Erschließungsaufwand zu ermitteln, Art und Maß der baulichen Nutzung zu bestimmen und Verteilungsmaßstäbe anzuwenden, trank er Kaffee mit einer Witwe, telefonierte mit Londoner Buchmachern und verfolgte Autotransporter ins Münsterland. Lange ging das nicht mehr gut, dafür würde Swoboda schon sorgen. Aber lange wollte er das auch nicht mehr machen.

Nur noch ein paar Sachen herausbekommen. Zum Beispiel, wem das Wasserschloß gehörte, auf das Wiegand seine Oldtimer hatte schaffen lassen.

Über den Verbindungsgang zwischen altem und neuem Rathaus, den sie die Beamtenlaufbahn nannten, marschierte er zur Stadtbücherei und suchte eine Karte des Münsterlandes mit kleinem Maßstab heraus. Der Ort, durch den sie zuletzt gekommen sein mußten, hieß Mosenboll. An der Straße, die von dort in die Baumberge führte, entdeckte Fuchs einen Kreis mit einem Fähnchen drauf, laut Legende das Zeichen für Schloß oder Burg. Das Kaff gehörte zur Gemeinde Dahldrup.

In der Rathauskantine saßen um diese Zeit nur die üblichen Stammgäste herum. Er trank auf die Schnelle einen Kaffee, ging dann ins Büro zurück, ließ sich von der Auskunft die Nummer der Gemeindeverwaltung Dahldrup geben und meldete das Gespräch bei der Zentrale an.

„Dienstlich oder privat?“ knurrte eine der ewig unfreundlichen Telefonistinnen.

„Ein Beamter ist immer im Dienst“, gab er zurück und legte auf.

Lustlos schnüffelte er in der Straßenakte, die er bei seinem Eintreffen zu Dokumentationszwecken aufgeschlagen hatte.

Nach seinen ersten Abrechnungen hatte er gemerkt, worauf die ganze Sache mit den Erschließungsbeiträgen hinauslief. Die Wohnungsbaugesellschaften wälzten die Beiträge auf ihre Mieter ab. Betriebe, die nicht schon bei der Ansiedlung von der Beteiligung befreit worden waren, nahmen sie in ihre Preiskalkulation auf. Übrig blieben die kleinen Hausbesitzer, die kräftig zur Kasse gebeten wurden.

Seitdem versuchte er, an jeder Baumaßnahme einen Haken zu finden, um die Abrechnung zu verhindern. Mal fehlte der Stadt noch ein Stück Straßenland, dann wieder war das Umlegungsverfahren noch nicht abgeschlossen. Schwierigkeiten, die sich umgehen ließen, wenn man die Vorschriften weit genug auslegte.

Fuchs tat genau das Gegenteil. Er bestand darauf, daß die Gesetze auf Punkt und Komma erfüllt wurden. Es war sein eigener privater Dienst nach Vorschrift, mit dem er versuchte, den Schaden, den er anrichtete, so gering wie möglich zu halten. Bei den Kollegen ließ er sich dafür als Abrechnungskiller feiern. Daß das Ganze auch seiner Trägheit entgegenkam, gestand er sich nur in stillen Stunden ein.

Das Telefon schrillte. Ein Mensch namens Fuhrkötter mit einem breit rollenden westfälischen R meldete sich.

Fuchs entschied sich für die Kumpel-Tour.

„Moin, Herr Kollege“, grüßte er und stellte sich vor. „Wir haben bei uns hier Schwierigkeiten mit der STRABO. Das ist eine Tiefbaufirma aus Bochum. Die haben für uns ein paar Straßen gebaut, an denen Schäden aufgetreten sind. Und jetzt gibt's Probleme mit der Haftung, weil die so gut wie pleite sind.“

„Ist wohl überall dasselbe mit der Bauwirtschaft“, pflichtete der andere bei. „Bei uns ist gerade erst ne alteingesessene Firma in Konkurs gegangen. Da war auch nichts mehr zu holen."

„Nu hab ich gehört, der Eigentümer der STRABO soll bei Ihnen draußen so eine Art Wasserschloß besitzen. Bei Mosenboll."

Der Münsterländer schwieg einen Moment.

„Ich mußte erst überlegen", sagte er entschuldigend. „Was Sie meinen, ist kein Wasserschloß. Das ist Gut Frevesum. Das ist ein Gestüt."

„Wissen Sie, wem es gehört?"

„Früher hat das denen von Japen gehört. Das waren hier so Adlige aus der Gegend. Aber vorn paar Jahren haben die verkauft. Moment mal eben, ich frag mal meine Kollegin."

Die Kollegin kannte den neuen Eigentümer auch nicht.

„Wissen Sie was? Ich frag eben beim Katasteramt vom Kreis nach und ruf dann zurück."

Fuchs buchstabierte seine Durchwahlnummer und bedankte sich.

Eine Viertelstunde später kam der Anruf.

„Da werden Sie wenig Glück haben, Herr Kollege", unkte Fuhrkötter. „Ein Dr. Wiegand hat Gut Frevesum zwar gekauft. Das ist doch Ihr Mann, oder?"

Fuchs bejahte.

„Aber vor drei Monaten hat er das Gestüt auf seine Frau überschrieben. Angelika Wiegand heißt die Dame, wohnhaft Bochum, Am Felde 7."

Es begann bereits zu dämmern, als er gegen vier das Büro verließ. Mit eingeschaltetem Licht krochen die Autos der Büromenschen von Ampel zu Ampel. Fuchs nutzte den Stau, um den Ring zu überqueren. Nach einer Ortsbesichtigung am Mittag hatte er den Wagen auf dem städtischen Parkplatz am Puff abgestellt. Zusammen mit anderen Kollegen, die Feierabend machten, einer Gruppe Türken, die aus Vorfreude oder Verlegenheit lachten, und zwei Betrunkenen marschierte er durch die Gußstahlstraße.

Unter der S-Bahn-Brücke blieben die Betrunkenen stehen und pißten endlos. Auf Zehenspitzen hüpften die Rathausleute über die gelbe Flut. Die Türken verschwanden hinter der Sichtschutzwand. Die Beamten verrenkten sich erfolglos die Hälse, gingen zum Parkplatz und fuhren heim.

Auf Schleichwegen umkurvte Fuchs die Innenstadt, stieß hinterm Schauspielhaus auf die Königsallee und ließ sich im Strom der Heimkehrer nach Süden treiben.

Auf dem Stadtplan hatte die Gegend, in der Wiegand wohnte, nach nichts ausgesehen, jedenfalls nach nichts Besonderem. Abi Stichler, der sich in der Stadt auskannte, wußte es besser.

„Edle Lage. Als Normalsterblicher kommst du da nicht rein. Soviel ich weiß, wohnt Biedenkopf da. Und vor kurzem ist der Peymann hingezogen."

Fuchs fand, daß dem das ähnlich sah. Im Theater pausenlos Brecht-Stücke spielen, von der Stadt dafür ein Schweinegeld kassieren und sich nach der Probe mit dem Dienstwagen ins Villenviertel chauffieren lassen.

Die Straße, von der weiter unten Am Felde abgehen sollte, fing ganz harmlos an, mit älteren Ein- und Zweifamilienhäusern an beiden Seiten. An einer kleinen Kreuzung ging es dann los. Der Gehweg weitete sich zu einer Promenade. Büsche schirmten ihn gegen die Straße ab, dazwischen Birken, deren schwarz-weiße Stämme in der Nässe glänzten. Einstöckige Bungalows verbargen sich hinter immergrünen Hecken. Kopfsteinpflaster, klein, grau und irgendwie vornehm, löste den Asphalt ab.

Die Reifen des Fiesta surrten darauf wie eine Nähmaschine. Fuchs parkte kurz hinter der Einmündung von Am Felde und stieg aus.

Es regnete nicht mehr. Das Hochhaus an der Königsallee hatte die Wolken aufgeschlitzt und ließ sich von der bleichen Abendsonne die Scheiben polieren.

Am Felde war eine Sackgasse, höchstens sieben Meter breit, mit einem Bürgersteig nur auf der rechten Seite. Flachdachbungalows hielten Abstand zur Straße und zu den Nachbarn. Die Vorgärten machten selbst um diese Jahreszeit, am Ende des Winters, einen gepflegten Eindruck. Torf bedeckte die Erde der Beete, die Gehölze waren zurückgeschnitten, das Laub des vergangenen Herbstes bis auf das letzte Blatt beseitigt. Nach Adam Riese hätte Haus Nummer 7 das vierte auf der rechten Seite sein müssen, aber nach Nummer 5, dessen abweisende Klinkerfront die ganze Grundstücksbreite einnahm, folgte eine schmiedeeiserne 9, Blickfang und Einbruchsicherung am Portal einer auf repräsentativ getrimmten Villa.

Fuchs ging bis ans Ende der Straße und wieder zurück.

7 fehlte.

Er lungerte noch eine Weile unschlüssig an der Ecke herum. Wenn das mit Nummer 7 kein Trick war, um sich unliebsame Besucher vom Hals zu halten, mußte es das Haus geben. Er ärgerte sich, nicht vorher in die Flurkarte geguckt zu haben, und versuchte, von hinten an die Häuser heranzukommen. Die Rückfront der Gärten grenzte an ein freies Feld. Über buckeligem Land schimmerten die grünen Halme der Winteraussaat.

Nach wenigen Schritten klebten dicke Erdklumpen an seinen Schuhen, er schlingerte durch eine Furche, fluchte und stakste vorsichtig zurück zur Straße. Stampfte den Dreck von den Schuhen und stieg ins Auto. Er wendete und steuerte den Wagen Richtung Heimat. Hinter ihm bog ein weißer Golf aus der Sackgasse.

Der Fiesta ratterte über frostzerfressenen Asphalt. Nach zwei Ampeln war der Weiße immer noch hinter ihm. An der dritten mußte Fuchs halten. Verstohlen sah er in den Rückspiegel. Es war fast dunkel geworden und außer, daß ein Mann am Steuer des Golfs saß, konnte er nichts erkennen.

„Bloß nicht durchdrehen, Fuchs", sagte er laut und warf das Radio an. „Vielleicht ist Detektivspielen doch nicht der richtige Job für dich."

In WDR 2 lief die „Hörbar“. Aber die Kalauer, die er sonst so gern hörte, lenkten ihn nicht von der Tatsache ab, daß ihm seit einem verpatzten Besuch bei Wiegand jemand folgte.

An der nächsten Ampel wollte er es wissen. Es war die Schauspielhaus-Kreuzung, und es war grün. Fuchs kroch mit dreißig auf die Ampel zu, fuhr fast Schritt, bis sie endlich auf Gelb sprang, und gab dann Gas.

Mit quietschenden Reifen flitzte sein Wagen in die Kreuzung.

Rechts und links starteten die Fahrer auf der Querstraße. Wütend hupten sie auf ihn ein. Jedenfalls bezog Fuchs es auf sich.

Erst als er sich auf der anderen Seite erleichtert umdrehte, merkte er, daß sie ebensogut den Fahrer des Golfs gemeint haben konnten, der noch bei Rot über die Kreuzung gehuscht sein mußte.

Rechts ab ging es zu seiner Wohnung. Fuchs fuhr geradeaus, stieß auf den Ring und drehte eine Ehrenrunde um die Innenstadt.

Der Golf auch. Sein Fahrer gab sich nicht die geringste Mühe, unauffällig zu sein. Er hängte sich an wie eine Klette, küßte bei Ampelstopps fast die Stoßstange des Fiestas.

An Abhängen war nicht zu denken. Panik kroch in Fuchs hoch und legte sich wie ein Würgeeisen um seinen Hals. Er knipste das Radio aus und kurbelte das Fenster herunter. Atmete tief und regelmäßig. Versuchte, den Kopf freizubekommen. Zwang sich, ruhig zu überlegen.

Eins war klar: Mit Beschatten hatte der Film, der hier lief, nichts zu tun. Jedenfalls nicht, wenn sein Verfolger halbwegs zurechnungsfähig war. Um festzustellen, wer er war, reichten die Autonummer und ein Anruf beim Straßenverkehrsamt. Denen ging es um etwas anderes. Sie wollten ihm Angst einjagen, ihn einschüchtern. Oder Schlimmeres.

Als er zum dritten Mal den Bahnhof passierte, kam ihm die rettende Idee oder das, was er dafür hielt.

Am Anfang hatte er Zweifel. Auf der Herner Straße

erschien sie ihm genial. An der Auffahrt zur Münsteraner Autobahn war er sicher, daß sie ihm nicht nur aus dieser Patsche helfen würde. Er hielt Ausschau nach einer Parkmöglichkeit. Fuhr bei nächster Gelegenheit rechts ran und wartete.

Der Golf glitt vorbei, blinkte rechts und hielt.

Fuchs stieg aus und sah sich um.

Es war der Streifen Niemandsland zwischen Bochum und Herne, in dem sie hielten. Rechts ein paar Betriebe, links nichts. Die Straßenbahn raste vorbei. Eine Haltestelle gab es nicht.

Fuchs ging auf den Golf zu. Der Mann hinter dem Steuer sah ihn an und stieg aus.

Fuchs kannte ihn. Von dem Wasserschloß in Mosenboll.

Er grinste.

„Da bin ich wieder", sagte Fuchs und sah dem Untersetzten in sein breitgeschlagenes Gesicht. „Aber bevor du mir wie angekündigt den Kopp zwischen den Ohren weghaust, hab ich was zu sagen, das deinen Boss interessieren wird."

Der Dicke grinste nicht mehr.

„Schieß los, Kleiner."

„Sag Wiegand, er soll mich anrufen. Wegen Bäcker. Er weiß dann schon Bescheid. Mein Name ist Fuchs. Vom Tiefbauamt."

Der Dicke ließ die Arme, die er gerade noch vor dem Bauch angewinkelt hatte, sinken.

Fuchs bekam Oberwasser.

„Und noch eins kannst du deinem Chef ausrichten. Ich kann nicht mehr lange warten", sagte er, drehte sich um und ging. Zwang sich, nicht zu rennen. Stieg ein und verriegelte die Tür. Fuhr weiter Richtung Herne.

Von weitem sah er, wie der Golf auf der Straße wendete und verschwand.

Langsam füllte sich der Versammlungsraum. In Grüppchen trudelten die Besprechungsteilnehmer ein, suchten unsicher nach einem passend erscheinenden Platz und quetschten sich, wenn sie ihn gefunden hatten, durch die enggestellten Stuhlreihen dorthin. Man grüßte sich höflich und zurückhaltend. Nur selten ein lautes Hallo, wenn sich zwei von der Fachhochschule oder aus der gemeinsamen Arbeit kannten. Man redete gedämpft, tuschelte fast. Nur das Dutzend uniformierter Bereitschaftspolizisten hinten in der Ecke wieherte in unregelmäßigen Abständen über die Witze, die der Clown der Truppe riß.

Wegener lehnte an der Wand zwischen den Fenstern und betrachtete neugierig die Hereinkommenden. Außer Korns Leuten vom sechsten K. und ein paar Bochumer Staatsanwälten kannte er niemanden. Er war gespannt, wie die Razzia organisiert werden sollte. Wahrscheinlich waren wieder die Spezialisten vom Landeskriminalamt am Werke. Vor einem Jahr als Sondertruppe gegen Bandenkriminalität ins Leben gerufen, hatten sie sich mit erfolgreichen Schlägen gegen Waffenschieber, Goldschmuggler und Video-Piraten einen Namen gemacht.

Um zwei Minuten vor neun erschien Korn mit drei anderen Beamten, denen man den Leitenden Herrn schon von weitem ansah. Sie trugen Anzüge in gedeckten Farben, zu denen Wegener nichts anderes einfiel als korrekt, pastellfarbene Hemden, unaufdringliche Schlipse und festes Schuhwerk.

Korn, der sonst auch im Dienst die Freizeitkollektion des holländischen Modepapstes Jan van der Stange aus dem Hause C & A spazierenführte, hatte sich zur Feier des Tages in einen taubenblauen Einreiher geworfen, der um die Hüften mächtig spannte.

Die vier nahmen am Tisch der Versammlungsleitung Platz, fischten dicke Papierstöße aus den Aktenköfferchen und breiteten sie vor sich aus.

Korn räusperte sich ins Mikro, das Summen der Gespräche versiegte und machte gespannter Aufmerksamkeit Platz. Trotzdem hüstelte Korn noch einmal, was aus den Lautsprechern etwa so klang wie der Start eines Diesels bei zehn Grad minus morgens um sechs.

„Liebe Kollegen“, begann er und sah suchend über die Köpfe der etwa hundert Anwesenden. „Kolleginnen sind ja zum Glück heute keine da.“

Man lachte.

„Ich darf Ihnen zunächst die Herren hier am Vorstandstisch vorstellen. Rechts von mir Oberstaatsanwalt Reh von der Bochumer Schwerpunktstaatsanwaltschaft für Wirtschaftskriminalität.“

Reh erhob sich leicht und nickte kaum merklich ins Publikum. Irgendwo hinten klatschte jemand Beifall, brach aber jäh ab, als sich hundert Augenpaare auf ihn richteten.

„Links neben mir Werner Sonthausen, der Leiter der Sondergruppe Bandenkriminalität des LKA, und ganz linksaußen, was natürlich nicht politisch gemeint ist, Herr Brandt von der Steuerfahndung. Zum Verfahren würden wir vorschlagen, daß ich zunächst die Anwesenheit der Einsatzgruppen durchchecke, Werner Sonthausen anschließend über den Gegner informiert und dann der Einsatzplan durchgehechelt wird.“

Ohne wenigstens anstandshalber ein paar Sekunden auf Einwände zu warten, begann Korn die Liste der Eingeladenen herunterzubeten. Es waren zumeist Beamte aus den Wirtschaftskommissariaten der Umgebung, aber auch Leute aus dem rheinischen Raum und dem Sauerland bis runter nach Siegen. Auch von den sogenannten Stützpunkt-Dienststellen zur Bekämpfung illegaler Beschäftigung beiden Arbeitsämtern waren Beamte erschienen, Steuerfahnder aus dem ganzen Ruhrgebiet und eine Menge Staatsanwälte. Sie antworteten mit einem „Ja“ oder „Anwesend“, wenn Korn ihre Namen aufrief. Nur der Einsatzleiter der Bereitschaftspolizei aus Unna machte Männchen und meldete zackig.

„Sie sehen, meine Herren, es ist alles versammelt, was Rang und Namen hat", schloß Korn die Gesichtskontrolle. „Es ist übrigens die aufwendigste landesweite Polizeiaktion in der Geschichte Nordrhein-Westfalens."

Seinen Stolz darauf, daß er der Boß dieser Aktion war, konnte er nur mühsam verbergen. Er schob Sonthausen das Mikro zu und lehnte sich zufrieden zurück. Der Mann vom LKA beachtete es nicht. Er stand zum Reden auf.

Wegener beobachtete ihn zwischen den Köpfen seiner Vordermänner hindurch. Sonthausen war untersetzt, aber nicht dick. Die wenigen Haare, die ihm geblieben waren, trug er nicht einmal streichholzlang. Wie ein Borstenrand umrundeten sie die hintere Hälfte seines Eierkopfes. Seine breite Stirn, die gerundeten Backen und das kräftige Kinn, an dem er beim Sprechen manchmal rieb, wiesen ihn als Tatmenschen aus, zu dem die randlose Intellektuellen-Brille gar nicht passen wollte. Ende vierzig mochte er sein, schätzte Wegener.

Sonthausen kam ohne Begrüßung oder andere Umschweife zur Sache.

„Womit wir es zu tun haben, meine Herren, ist ein Syndikat. Seine Mitglieder sind dem Millieu der illegal arbeitenden Subunternehmer zuzurechnen, die seit Jahren sogenannten Menschenhandel betreiben. Wir haben überschläglich ermittelt, daß von ihnen in den letzten fünf Jahren etwa 100 Millionen Mark Lohnsteuer, Einkommenssteuer, Umsatzsteuer und Sozialversicherungsbeiträge hinterzogen worden sind. Beteiligt sind nach bisherigen Erkenntnissen 25 Subunternehmer aus den Städten Bochum, Duisburg, Mühlheim, Bottrop, Witten, Iserlohn, Siegen, Gummersbach, Wülfrath und Kempen. Sie haben in den vergangenen Jahren zweiundzwanzig Scheinfirmen gegründet, um legal Bauarbeiter anwerben zu können. Nach kurzer Zeit wurden die meisten Firmen abgemeldet und mit den Kolonnen illegal weitergearbeitet. Nur wenige Betriebe mit einer Handvoll Mitarbeitern blieben, um an die Unbedenklichkeitsbescheinigung der Ortskrankenkassen zu kommen. Am Anfang gingen die Bochumer Kollegen davon aus, daß es sich bei den verdächtigen drei oder vier Subunternehmern, um unabhängig voneinander operierende Personen handele. Erst als man feststellte, daß ihre Kolonnen häufig auf denselben Baustellen eingesetzt und die illegalen Arbeiter zwischen ihnen ausgetauscht wurden, ging den Kollegen ein Licht auf. Schließlich traten die einzelnen Subunternehmer untereinander noch als Sub-Subunternehmer oder als Sub-Sub- Subunternehmer auf. Wir stießen in einem Falle auf die vierfache Weitervergabe von Teilen des Auftrages. Das Hin- und Herschieben von Aufträgen dient dabei vor allem der Verschleierung. Es gibt keine Buchführung, anhand der man die Transaktionen nachvollziehen könnte. Die einzelnen Subunternehmer kennen sich häufig nur beim Vornamen. Die Arbeiter werden morgens an geheimen Treffs abgeholt, zur Baustelle gekarrt und abends wieder weggeschafft. Bezahlt wird täglich bar auf die Hand. Am nächsten Morgen taucht auf der Baustelle ein anderer Sub mit neuen Arbeitern auf. Alle Fäden dieses verwirrenden, sich ständig verändernden Netzes illegaler Geschäfte laufen nach unseren Erkenntnissen bei einem Bochumer Subunternehmer zusammen. Der Mann galt bisher als einer der Seriösen in der Branche, mit dem alle großen Firmen im Bausektor seit Jahren zusammenarbeiten. Wenn in der Vergangenheit behauptet wurde, die führenden Bauunternehmen, die sich der Subunternehmer bedienten, müßten von deren illegalen Geschäften gewußt haben, verwies man dort gern auf diesen Mann mit der weißen Weste. Im Laufe der Ermittlungen ist es uns jedoch erstmals gelungen, die Mitwisser- und Mitträgerschaft einer Entleiherfirma nachzuweisen. Es handelt sich um eine angesehene Bochumer Firma, deren Dumpingpreise vielen seit langem unerklärlich sind. Soweit vielleicht zunächst einmal, meine Herren. Bitte haben Sie Verständnis dafür, daß ich vor dem Tag X noch keine Namen nenne. Ich möchte niemandem von Ihnen etwas unterstellen, aber bei einer solchen Vielzahl von beteiligten

Beamten sind strenge Sicherheitsmaßnahmen unumgänlich."

Sonthausen setzte sich und schwieg. Korn flüsterte mit Reh von der Staatsanwaltschaft.

Im Saal setzte Gemurmel ein. Es war nicht gerade viel Neues, was der LKA-Mann bekanntgegeben hatte, fand Wegener. Seine Vorsicht konnte er gut verstehen. Die Fensterbohrer-Bande, ein Einbrecher-Syndikat, gegen das Sonthausens Spezialtrupp zuletzt gearbeitet hatte, hatte Verbindungsleute bei Post und Polizei und war so über den Stand der Ermittlungen stets auf dem Laufenden gewesen. Wegener wußte, daß die Beamten enttarnt und gefeuert worden waren. Ob damit alle undichten Stellen gestopft worden waren, wußte er nicht.

„So, meine Herren", brüllte Korns Stimme durch die Lautsprecherboxen und sorgte für Ruhe im Saal. „Sie haben gehört, gegen wen es geht. Kommen wir nun zum Wie."

Er warf einen Blick auf das oberste Blatt seiner Unterlagen.

„Bei unserer gemeinsamen Aktion gibt es im wesentlichen zwei Arten von Aufgaben zu erledigen. Da sind einmal die Subunternehmer, die in ihren Wohnungen festgenommen und hierher zum Verhör geschafft werden müssen. Gleichzeitig werden die Wohnungen und, falls vorhanden, auch die Büros durchsucht und alles uns interessierende Material beschlagnahmt. Dafür sind im wesentlichen die Kollegen aus den 6. Ks und die Staatsanwälte verantwortlich. Sie erhalten nach Abschluß der Besprechung oben bei meinen Leuten Namen und Adressen Ihrer Kunden. Und dann haben wir noch ungefähr dreißig Baustellen zu kontrollieren. Eine dankbare Aufgabe für die Bereitschaftspolizei. Es kommt uns darauf an, die Baustellen zunächst komplett abzuriegeln. Niemand darf uns durch die Lappen gehen. Dann werden die Personalien aller anwesenden Arbeitskräfte festgestellt. Wer sich ausweisen kann, erhält eins von den roten Armbändern, der Rest wird zur Personalienfeststellung mit auf die Wache genommen. Ich bitte Sie, sich darauf von den Transportkapazitäten her einzustellen."

Hinten meldete sich der Chef der Bereitschaftspolizisten.

Korn nahm ihn dran.

„Kriegen wir die Armbänder heute hier von Ihnen?" wollte er wissen.

„Wieso? Haben Sie keine?"

„Nein, wir haben bei uns nur grüne."

„Dann nehmen Sie die, um Gottes Willen", stöhnte Korn.

Gelächter im Saal.

„Wenn es sonst keine Fragen mehr gibt", sagte er prüfend über die Köpfe, „dann gebe ich jetzt den Termin der Aktion bekannt: morgen früh, sechs Uhr."

Ein Raunen ging durch die Versammlung, man sah sich an und machte wichtige Gesichter dabei.

Korn forderte nochmal dazu auf, sich die Einsatzorte auf Zimmer 230 abzuholen, und löste die Versammlung auf. Die Leute, die sich vor versammelter Mannschaft nicht getraut hatten, belagerten den Vorstandstisch und bestürmten Sonthausen und ihn mit Fragen.

Wegener wartete auf seinem Platz, bis sich der Trubel gelegt hatte.

Korn packte seine Sachen zusammen und kam auf ihn zu. Die Beine seiner Anzughose schlugen ihm wild um die Knöchel.

„Na, zufrieden, Wegener?" grinste er und fragte, ohne eine Antwort abzuwarten: „Willst du mit den Bereitschaftsheinis auf irgendeine Baustelle?"

„Ich wollte dich gerade drum bitten. Wenn es dir recht ist, such ich mir oben eine raus."

Korn knuffte ihn in die Seite und nickte.

## 23

„Hasse gestern gesoffen, Fücksken?“

Der Archivar knallte einen Stapel Akten zu den anderen auf Bäckers Schreibtisch und sah ihn mitleidig an.

Fuchs erzählte etwas von zwei Palletten Dosenbier, um ihn loszuwerden. Kramer nickte anerkennend und verschwand.

Fuchs hatte gestern nichts mehr getrunken. Auf Umwegen war er zur Wohnung zurückgefahren, hatte den Wagen zwei Straßen weiter abgestellt und war zum Haus gehastet. Oben hatte er die Wohnungstür hinter sich abgeschlossen, zweimal, war dann durch alle Räume geschlichen, hatte sogar in den Kleiderschrank geguckt. Den Rest des Abends hatte er im Sessel gehangen und sein Gehirn verrenkt, bis es völlig verkrampfte. Schließlich hatte er den Kopfhörer genommen und es mit Dire Straits geduscht.

Geschlafen hatte er kaum. Die Bilder der letzten Wochen drängten sich in seinem Kopf, lösten einander ab wie Dias im Schnelldurchlauf, schoben sich übereinander zu verrückten Montagen. Bäckers Frau im Oldie, Wegener als Gänsereiter, Swoboda in Anstaltskleidung mit einer Eisenstange im Paternoster.

Irgendwann am frühen Morgen, als die ersten S-Bahnen durch sein Schlafzimmer mit Bahnhofsblick kreischten, mußte er eingeschlafen sein. Lange nach Beginn der Kernzeit war er im Büro aufgetaucht und wartete seitdem. Aber es kam kein Anruf, nicht mal ein dienstlicher.

Er ging zum Aktenraum und holte sich die Flurkarte von Wiemelhausen, breitete den badehandtuchgroßen Plan auf seinem Schreibtisch aus. Am Felde 7 war schnell gefunden. Das Haus lag hinter Am Felde 5 inmitten eines Riesengrundstücks, von der Straße nicht einsehbar und nur zu erreichen, wenn man vorher durch Haus Nummer 5 ging.

Fuchs legte den Tausender-Maßstab an die Grundstücksgrenzen an und kam auf knapp 5 000 Quadratmeter. Mal Richtwert machte das ein hübsches Sümmchen, wenn der

Wert der Häuser dazukam. STRABO-Gläubiger würden allerdings wenig Freude an der Immobilie haben. Im Eigentümerverzeichnis fand Fuchs auch hier Angelika Wiegand.

Die Nummer des Golfs hatte er bei einem der zahllosen Ampelstopps auf einen Zettel gekritzelt. Er fischte ihn aus den unergründlichen Tiefen seiner Hosentasche und rief Urmel an. Urmel saß beim Straßenverkehrsamt, vergab Kennzeichen, stellte Kraftfahrzeugscheine aus und träumte von der freien Wirtschaft. Seit fünf Jahren ging er Fuchs mit seinem Gerede von Abitur nachmachen und Betriebswirtschaft studieren auf die Nerven.

„Urmel, ich brauch n Halter“, sagte Fuchs.

„Brust oder Hüfte?“

Das war sein Standardspruch, seit Fuchs ihn kannte.

„HW 5.“

„Ist das der Golf?“

Fuchs brauchte einen Moment.

„Jetzt bisse platt, wa? Wat ich alles weiß.“

„Erzähl!“

„Ganz einfach, Fuchs. HW ist Herbert Wiegand, der Bauunternehmer. Der hat meinem Vorgänger alle HWs von eins bis fünf gegen ne kleine Spende aus der Seite geleiert. Eins ist der Sechshunderter, mit dem er sich durch die Gegend fahren läßt. Zwei der Porsche für die Frau Gemahlin und so weiter. Aber warum interessiert dich die Nummer denn? Bisse seiner Putzfrau hinten reingefahren?“

„Klar“, sagte Fuchs und legte auf. Wenn man ihn ließ, sauigelte Urmel sonst, solange es ging.

Es war kurz vor zehn, als das Telefon klingelte. Kurz und energisch. Fuchs stand vor dem Fenster und sah dem Küster zu, der den gepflasterten Kirchplatz fegte.

Er fuhr herum, riß den Hörer ans Ohr und meldete sich.

Es war seine Mutter. Ob er denn die Wohnung auch schon aufgeräumt habe, wollte sie wissen. Damit sie morgen früh sofort mit dem Putzen anfangen könne und nicht erst eine Stunde brauche, um den Fußboden freizulegen. Morgen sei sie nämlich nachmittags zur Dauerwelle angemeldet, weil Tante Hilde übermorgen Geburtstag habe, und da könne sie doch mit dem Kopf nicht hingehen, wo sich die anderen immer so fein machten.

Es sei schon alles tiptop, log er.

Der nächste Anruf kam um halb zwölf.

„Sie wollten mich sprechen", sagte der Mann mit der sonoren Stimme eines Rundfunksprechers alter Schule.

„Wenn Sie Herr Wiegand sind, ja."

„Worum geht es denn?"

„Mir geht es um das gleiche wie Bäcker."

„Müssen wir uns darüber am Telefon unterhalten?"

Fuchs verneinte.

„Dann kommen Sie heute um vier zum Tierpark."

„Wohin?"

„Zum Zoo im Stadtpark. Kennen Sie den nicht?"

„Wohin denn da?"

„Gehen Sie einfach hinein. Der Rest wird sich finden."

Es knackte in der Leitung.

Fuchs legte auf, suchte die Nummer des Polizeipräsidiums raus und verlangte Wegener.

Der Kommissar war nicht zu erreichen. Fuchs hinterließ Namen und Telefonnummer, dienstlich und privat.

„Er soll mich sofort zurückrufen", sagte er. „Es ist dringend."

## 24

Wegener hatte nicht lange gebraucht, um herauszufinden, welche Baustelle er nehmen sollte. Möglichst weit weg von Bochum, auf dem platten Land, mit Wohnbaracken zum Übernachten – von der Sorte hatten Korns Leute nur eine im Angebot: eine Brücke für die A 31. Die Autobahn sollte einmal das Ruhrgebiet mit den ostfriesischen Inseln verbinden und hieß in Fachkreisen Friesenspieß.

Die Baustelle lag nördlich von Dorsten im Kreis Borken. Für die Überprüfung war der Zug der Bochumer Bereitschaftspolizei eingeteilt, mit dem Wegener um fünf Uhr morgens aus der Kaserne ausrückte. Zusammen mit sieben schlaftrunkenen jungen Beamten hockte er in einem vergitterten Mannschaftswagen und döste in die Dunkelheit. Ihre Köpfe wackelten, wenn der Fahrer eines der zahlreichen Schlaglöcher erwischte, die der harte Winter in Bochums Straßen gerissen hatte.

Bis Anfang Februar war die Kälte geblieben. So lange, daß Korn und Sonthausen die ganze Aktion fast um einen Monat verschoben hätten. Bei Frost würden die meisten Baustellen stilliegen, befürchteten sie. Glücklicherweise hatte es in den letzten Tagen nicht mehr gefroren, und auch der Regen hielt sich in erträglichen Grenzen. Überall auf dem Bau wurde gearbeitet. Es gab niemanden, der froher darüber war als Wegener. Noch einen Monat länger auf der Stelle treten, hätte ihn fertiggemacht, erledigt. Ohne Altenscheidt lief nichts in diesem Fall. Die anderen Spuren, ohnehin dünn genug, hatten zu nichts geführt. Tatwaffe: Fehlanzeige. Spuren am Tatort: ein paar Blutspritzer Opfers.

Und dann die Motive! Es gab erschließungsbeitragsgeschädigte Anlieger, die bestenfalls in der Lage waren, Drohbriefe zu schreiben. Eine Ehefrau, die ihren ermordeten Mann zwar haßte, dafür aber über ein wasserdichtes Alibi verfügte. Und einen städtischen Baudirektor mit einem billigen Grundstück, dessen Kaufvertrag in Bäckers Büro gefunden worden war. Wegener war noch immer sauer über den dicklichen Burschen aus dem Tiefbauamt, der ihm das angedient hatte, und wütend auf sich selbst, weil er darauf eingegangen war.

Es herrschte kaum Verkehr auf der Autobahn. Ab und zu überholten sie einen Laster, der wie sie nach Norden donnerte. Die Gesichter der Jungen sahen im fahlen Licht der Scheinwerfer bleich und übernächtigt aus. An der Art, wie sie ihn bei der Abfahrt begrüßt hatten, war ihm aufgefallen, wie erstrebenswert ihnen seine Stellung erschien. Auch hier im Wagen fing er, wenn er unversehens aufsah, bewundernd auf ihn gerichtete Blicke auf.

Wegener genoß das. Auch wenn ihn die alten Herren ständig mit ihren Sprüchen nervten. Er war froh, daß ihm die Ochsentour über Schutzpolizei und Streifendienst erspart geblieben war. Mit dreißig Jahren Oberkommissar, das sollten die erstmal nachmachen. Und wenn er endlich im Fall Bäcker den Täter liefern könnte, und zwar nicht aufgrund irgendeiner Rasterfahndung, sondern Dank seiner ureigenen Idee, ließ der Hauptkommissar bestimmt nicht mehr lange auf sich warten.

Der kleine Konvoi hatte inzwischen die Autobahn verlassen und kroch über gut ausgebaute Landstraßen seinem Ziel entgegen.

Es war viertel vor sechs.

Der Zugführer hatte den Auftrag, seine Truppe an einem Waldstück außer Sichtweite der Baustelle zu postieren, den Arbeitsbeginn um sechs Uhr abzuwarten, dann die beiden Zufahrten abzuriegeln, das Gebiet zu umstellen und mit einer Handvoll Leuten die Baustelle zu kontrollieren. Sie hatten abgesprochen, daß Wegener im Hintergrund bleiben und nur, falls er richtig getippt hatte, in Aktion treten sollte.

Jetzt, als sie in den Waldweg eingebogen waren und die stinkigen Transits verlassen hatten, um vor dem Einsatz noch einmal zu pinkeln, ließ er Altenscheidts Bild kreisen.

„Falls er da ist, wo wir gleich hinfahren, gibt es Schwierigkeiten, Leute“, sagte Wegener, als das Paßbild wieder bei ihm ankam, und erzählte ihnen, was dem Dahlhauser Kollegen passiert war.

„Also keine Einzelaktionen auf eigene Faust!“

Die Jungen nickten und krabbelten zurück in ihre fahrbaren Käfige. Im Osten begann es zu dämmern. Die Vögel randalierten.

Um zehn nach sechs fuhren die ersten zwei Wagen los. Sie wandten sich nach rechts, um auf die Hauptstraße hinter dem Wäldchen zu kommen und die Baustelle auf ihr zu umfahren. Zehn lange Minuten verstrichen, ehe sie über Sprechfunk mitteilten, daß sie angekommen waren.

Die drei Wagen mit Wegener und dem Zugführer setzten sich in Bewegung. Links, hinter der vorspringenden Nase des Waldes, lag die Baustelle. Scheinwerfer auf Holzmasten umgaben den eingerüsteten Betonriesen mit einer Insel aus Licht. Zwei Kräne zeichneten sich gegen den grauen Himmel ab. Es gab eine Menge Baufahrzeuge und ein paar aufeinandergetürmte Container mit beleuchteten Fenstern. Zwischen Waldrand und Baustelle lagen knapp dreihundert Meter freies Feld, die sie zügig überquerten. Bei den Containern ließ der Zugführer halten, kontaktierte die Leute auf der anderen Seite per Walkie-Talkie und gab dann das Kommando zum Umstellen.

Die Jungen polterten aus den Wagen und rannten, eine Besatzung links, eine rechts, über das Feld. Nach dreißig Metern blieb der erste stehen, nach weiteren dreißig der zweite. Den Rest verschluckte die Dämmerung.

Zwei Minuten später knarzte der Sprechfunk des Einsatzleiters. Die Enden der Kette hatten sich getroffen, der Sack war zu.

Während Wegener mit den Beamten, die zur Personenkontrolle eingeteilt waren, am Eingang wartete, stiefelte der Zugführer zum Container der Bauleitung und verschwand darin. Von den Bauarbeitern hatten nur die oben auf der Brücke etwas gemerkt. Sie standen in kleinen Gruppen zusammen und redeten. Einer warf den weißen Helm weg, lief hinüber zu den Privatautos und startete. Mit hohem Tempo schoß der Audi auf sie zu, bremste abrupt vor dem querstehenden Transit, umkurvte die Brücke auf einer schlammigen Schotterstrecke und verschwand.

„Weit wird der nicht kommen", schnaufte Wegener, und die Umstehenden lachten nervös.

In der Tür der Bauleitung erschien der Einsatzleiter, ein paar Leute mit Helmen und Gummistiefel drängten nach.

„Gebt mir mal das Megaphon", rief er.

Man brachte es ihm.

Breitbeinig stand er da, die Tröte in der Faust vor den Mund gehoben, und schmetterte sein tausendmal geübtes: „Achtung, Achtung! Hier spricht die Polizei."

Auf der Baustelle stockte die Arbeit. Eisenbieger ließen eine Stahlmatte fallen, die Zimmerleute stellten das Hämmern ein, der Baukran stoppte mitten im Schwenk.

„Wir müssen auf Ihrer Baustelle eine Personenkontrolle durchführen", tönte die Stimme des Einsatzleiters durch die Flüstertüte. „Bitte kommen Sie unverzüglich zur Bauleitung. Bringen Sie Ihren Personalausweis oder den Führerschein mit."

Er wiederholte die Durchsage, marschierte zur anderen Seite der Brücke und quakte dort. Nach dem Fluchtversuch hatte Wegener mit einigem Wirbel gerechnet. Aber nichts geschah. Ob es hier keine Schwarzarbeiter gab oder ihre Postenkette im heller werdenden Morgen besser zu erkennen war – aus allen Ecken strömten Weißhelme auf die Container zu. Die meisten verschwanden in den Buden und kamen kurz darauf mit Ausweispapieren in der Hand wieder heraus.

Wegener zählte an die hundert Leute.

Der Einsatzleiter war in seinem Element.

„Alle, die bei einem Subunternehmer beschäftigt sind, bitte mal hier rechts zu unserem Wagen. Sie kommen bitte einzeln hintereinander, sagen Namen und Firma und weisen sich aus. Wer keine Papiere dabei hat, muß zur Feststellung seiner Identität mitkommen."

Ein Raunen ging durch die Menge, dann teilte sich der Pulk, und der erste Arbeiter trat an den Wagen.

„Heinz Neumann, Recklinghausen, Marktstraße 112."

„Ausweis?"

Der Mann hielt dem Schreiber einen speckigen Führerschein hin.

„Bei welcher Firma?"

Schulterzucken.

„Sie müssen doch wissen, für wen sie arbeiten?"

Der Bauarbeiter schüttelte den Kopf.

„Hab ich vergessen“, sagte er laut und sah sich zu den anderen um. Einige grinsten gequält. Der Schreiber war ratlos.

„Mitnehmen oder nicht?“ fragte er Wegener, der am Wagen lehnte und seine eigene Kontrolle veranstaltete.

„Ich glaub, da kann man nichts machen, aber fragen Sie besser Ihren Boss.“

Der Einsatzleiter war seiner Meinung. Der Mann bekam ein grünes Armband und ging.

„Halten Sie sich bitte hier am Wagen auf, und gehen Sie noch nicht zur Baustelle zurück“, befahl er.

Der Mann nahm das wörtlich. Er stellte sich neben Wegener und sah jeden, der drankam, scharf an.

Es waren ungefähr vierzig Leute, die für Subunternehmer arbeiteten, ein knappes Dutzend davon konnte sich nicht ausweisen.

Den Namen der Firma sagte niemand.

Und Altenscheidt war nicht dabei.

Wegener ging rüber zur Abteilung „Ehrliche Arbeiter“. Die Männer standen fröstelnd in der Kälte und rauchten.

„Dat is richtig, datse die endlich am Arsch kriegen“, giftete einer. „Dienstags war doch von denen nie einer hier. Da warn die alle aufm Arbeitsamt, Stempelgeld abholen.“

„Hör doch auf zu singen, Walter. Was würdest du denn machen, wennde keine Arbeit hass und solls deine Elsbeth und die drei Blagen von zweihundert Mark Stütze inne Woche am Kacken halten?“

„Arbeit is doch genug da“, warf ein dritter hin. „Siehsse doch hier auffe Baustelle. Die brauchten doch nich beim Sub zu schuften. Die könnten bei Langbreit sein, genau wie wir. Aber so isset doch viel günstiger fürn Unternehmer. Er kannse sich holen und wieder wegschicken, wann er will. Besser kann der dat doch gar nich habn. Die sollen doch bloß aufhörn mit ihrn Kampf der Schwarzarbeit, die Scheißbullen.“

Jemand stieß ihn in die Seite und nickte mit dem Kopf in Wegeners Richtung.

„Wat wahr is, muß wahr bleiben“, brummte der Bauarbeiter und wandte sich ab.

Wegener holte Altenscheidts Bild aus der Tasche.

„Ich bin auf der Suche nach diesem Mann hier“, sagte er und gab dem Dicken, der Walter hieß und sich über die Schwarzarbeiter aufgeregt hatte, das Foto.

„Der Mann ist zweiundvierzig Jahre, etwas kleiner als ich, dafür aber doppelt so breit.“

Der Dicke sah erst das Bild und dann ihn an.

„Hat der ne Tätowierung aufm Arm?“

„Weiß ich nicht.“

Andere Arbeiter drängten sich an den Dicken heran und betrachteten das Paßfoto.

„Zeig doch mal her, das ist doch der Karl“, rief einer und riß das Bild an sich. „Genau. Der Karl Dingsbums, hier bei uns vonne Baustelle. Was is denn mit dem?“

Zwei, drei andere erkannten Altenscheidt auch.

„Klar is dat der Karl. Guck ma, dat breite Grinsen un die schiefen Zähne.“

Wegener merkte, wie es in ihm kribbelte.

Er hatte Mühe, ruhig zu bleiben.

„Arbeitet der Mann noch hier auf der Baustelle?“ fragte er. Die Weißhelme nickten.

„Heute morgen hab ich ihn noch gesehen“, prahlte der Dicke, der vor einer Minute mit dem Foto überfordert gewesen war. „Da drüben, an den neuen Pfeiler.“

„Wat wollen Sie überhaupt von dem?“ fragte der mit dem Scheißbullen.

„Ich will ihm ein paar Fragen stellen. Wegen einem Mord in Bochum“, konterte Wegener.

Das saß.

„Der gehört zu der Kolonne von dem Sub“, sprudelte der Dicke, „aber gewohnt hat der hier bei uns.“

Wegener nahm sich zwei Sekunden Zeit, um stolz auf sich zu sein.

„Moment, ich bin gleich wieder da", sagte er dann und ging rüber zum Wagen. Dort hatten sie angefangen, die Langbreit-Arbeiter abzufragen.

„Ich brauch zwei von Ihren Leuten, Herr Kollege."

Der Einsatzleiter nickte.

„Ist er hier?"

Wegener brummte Zustimmung.

„Sagen Sie es den Männern in der Kette."

Zusammen mit zwei Uniformierten, die ihm, wenn er an Altenscheidts Opfer dachte, reichlich schmächtig vorkamen, ging er zu den Arbeitern zurück.

„Ich zeig Ihnen seine Behausung", sagte Walter und wabbelte vor ihnen her zu einem der Container. Drinnen klebten Etagenbetten an den Wänden. Es gab Eisenspinde, die offenstanden, zwei Tische mit derben Stühlen, einen Ofen und jede Menge nackte Mädchen an den Wänden. Der Raum roch nach Heizöl und dreckigen Socken.

„Dat da is sein Bett."

Der Dicke deutete auf die Schaukel rechts unten.

Wegener schlug die Decke zurück, griff unter Kopfkissen und Matratze, sah unters Bett.

„Wo ist sein Spind?"

Der Dicke eilte hin und rappelte daran.

„Zu", staunte er, als draußen der Schuß fiel.

Wegener reagierte als erster. Er schob die Arbeiter, die den Eingang blockierten, auseinander und sah sich um.

Niemand rührte sich. Alle standen wie versteinert, als ließen sie den Schuß in sich nachklingen.

Er rannte rüber zum Einsatzleiter, nahm ihm das Walkie-Talkie ab.

„Hier Möwe eins, Möwe eins an alle. Wer hat geschossen?"

Es rauschte nur eine Sekunde.

„Möwe drei, hier Möwe. Wir stehen hundert Meter rechts von Ihnen."

Wegener schaute in die angegebene Richtung. Der Mann winkte.

„Ich wollte nur melden: Hier bei uns keiner.“

„Schnauze“, schrie Wegener.

„Möwe fünf. Möwe eins bitte kommen.“

„Hier Möwe eins.“

„Fluchtversuch. Hier auf der anderen Seite. Kommen Sie schnell. Es gibt Verletzte.“

Wegener rannte los, drehte sich nach ein paar Metern um, schrie „Notarzt“ und lief weiter. Mitten über die Baustelle. Sprang über Pfützen, wieselte zwischen mannshohen Stapeln mit Verschalplatten durch, stolperte über liegengelassene Kanthölzer, blieb mit der Boss-Hose an einem Moniereisen hängen und hörte sie reißen.

Der seifige Acker quatschte unter seinen Schuhen, als er die letzten zwanzig Meter zu den Posten hinüberrannte.

Es gab nur einen Verletzten. Ein Milchgesicht von zwanzig Jahren mit blonden Haaren und großen Ohren, die die Schirmmütze daran hinderten, tiefer zu rutschen, saß mit dem Hintern im Dreck. Seine Tränen verdünnten das Blut, das in einer breiten Spur aus seiner demolierten Nase floß. Er zitterte am ganzen Körper.

Der zweite Verletzte war tot. Wegener hatte in den letzten Jahren zuviele Leichen gesehen, um daran zu zweifeln. Sie lagen alle anders, wenn man sie fand, und doch war irgendwas bei allen gleich. Er hätte nicht sagen können, was es war, aber darauf kam es auch nicht an.

Der hier lag auf dem Bauch, die Arme ausgebreitet, als wollte er fliegen. Er trug olivgrüne Gummistiefel, in deren Schäften eine Kordhose steckte. Der Friesennerz war von hinten unbeschädigt.

Es war Altenscheidt.

Wegener drehte ihn vorsichtig auf den Rücken und entdeckte das häßliche rote Loch auf der linken Brustseite.

„Blattschuß“, schnaufte er und drehte sich zu dem uniformierten Häufchen Elend um.

„Wie konnte das passieren?“

Der Junge zitterte noch mehr und stammelte zusammenhangloses Zeug. Jemand gab ihm ein Taschentuch, mit dem er die hellrote Suppe gleichmäßig über sein Gesicht verteilte.

Wegener merkte, wie die Wut ihm die Lungen füllte.

„Jetzt nehmen Sie sich mal zusammen, Mann!" zischte er. „Ich will wissen, wie das passiert ist."

Statt zu antworten, heulte der Bursche auf.

Wegener schüttelte den Kopf und ließ von ihm ab. Wir hätten Berittene mitnehmen sollen, dachte er. Oder wenigstens Hunde. Oder nicht solche Schlappschwänze wie den da.

„Ich hab mitgekriegt, wie es dazu kam, Herr Oberkommissar." Einer der Bereitschaftspolizisten sah ihn an.

Wegener nickte ihm auffordernd zu.

„Ich bin aufmerksam geworden, als Bernd ihn anrief. Halt, stehenbleiben, Polizei oder so. Da war der Mann da vorne, wo das Feld anfängt. Er rannte genau auf Bernd zu. Als Bernd die Waffe gezogen hatte, war der Mann schon bei ihm. Es hat ein Handgemenge gegeben, und dann fiel der Schuß."

„Laßt alles so, wie es ist", sagte Wegener und marschierte zu den Fahrzeugen zurück.

Er nahm den Schotterweg außen herum, ließ, als er angekommen war, die zuständige Mordkommission alarmieren und nahm sich dann die Arbeiter nochmal vor.

Sie standen in der Nähe der Wagen und redeten aufeinander ein. Der dicke Walter führte das große Wort. Mit grünberingtem Arm fuchtelte er in der Luft herum und stach den anderen mit seinen Wurstfingern fast die Augen aus.

„Ich hab noch ein paar Fragen an Sie. Vielleicht gehen wir dazu in den Container."

Wegener setzte sich an den Holztisch und knöpfte den Mantel auf. Eine Menge Männer drängte hinterher. Sie holten sich Stühle vom anderen Tisch oder blieben, an die Etagenbetten gelehnt, stehen.

Niemand sprach.

„Erste Frage. Wie lange hat Karl Altenscheidt hier gearbeitet?"

„Ungefähr zwei Monate", sagte Walter. Er hätte gut und gern noch einen zweiten Stuhl mit seinem Gesäß bedecken können und rutschte dementsprechend unruhig hin und her.

„Kann sich jemand an den genauen Tag erinnern?"

„Wir warn am Einschaln für den ersten Pfeiler", sagte einer von den Stehenden. „Willi, du hattest Geburtstag, als der die erste Schicht gemacht hat. Weisse noch, wie wir nach Feierabend hier inne Bude ein draufgemacht haben, und er wollt partout keinen mittrinken."

Willi, hochaufgeschossener Mittdreißiger mit knochigem Gesicht, nickte.

„Karl is nämlich Antialkoholiker", schlaumeierte der Dicke.

„War Antialkoholiker", verbesserte jemand von hinten.

„Wann haben Sie denn Geburtstag?"

Willi mußte einen Moment überlegen.

„Am 14. Januar", stotterte er, als die ersten zu gibbeln anfingen.

Wegener mußte keinen Moment überlegen, was an diesem Tag im Bochumer Rathaus passiert war.

Er klappte sein Notizbuch zu, sagte: „Das war's meine Herren", stand auf und ging.

## 25

Der Wolf war struppig, groß und grau, wie es sich für einen anständigen Kinderschreck gehörte. Er tickte im Dreieck durchs Gehege, trabte am Maschendrahtzaun entlang, der ihn vor den Besuchern schützte, wendete, kurz bevor seine Nase den Eckpfosten berührte, zur Hütte im hinteren Teil des Zwingers und von dort wieder ans andere Ende des Zaunes.

Der Boden war kahl wie ein Hühnerhof und glänzte, wo der Wolf seine Bahnen zog, wie gebohnert. Der Mann, der ihn aus gebührendem Abstand beobachtete, interessierte den Wolf nicht. Er war in Eile. Nur selten hielt er mitten im Lauf inne, legte den Kopf nachdenklich auf die Seite und rannte dann weiter. Wahrscheinlich überlegt er, in welcher Runde er ist, dachte Fuchs und ging weiter.

Es war kurz vor vier, und die Frau, die am Eingang Eintrittskarten und Ziegenfutter verkaufte, hatte ihm das Wechselgeld mit einem mürrischen „Wir schließen um fünf“ zurückgegeben. Außer ihm hatten sich nicht viele Bochumer in den Tierpark verlaufen. Eine gestreßte Mutter zog ihren Nachwuchs zur Streichelwiese, vor dem Bärengehege diskutierten drei Invaliden über ihre Rente, ohne die Tiere eines Blickes zu würdigen. Die Eisbären ihrerseits straften die Rentner mit Verachtung. Mürrisch zottelten sie über die Betonfelsen, ärgerlich, weil der Winter vorbei war.

Es wäre besser gewesen, zu wissen, wie Wiegand aussah. Nach der Stimme zu urteilen, war er ein stattlicher älterer Herr mit vorzüglichen Manieren. Beim Stadtarchiv, wo Fuchs am frühen Nachmittag angerufen hatte, konnten sie ihm nicht helfen. In ihrem Personenregister tauchte Wiegand nur einmal auf, mit einer Zeitungsmeldung, die die Verleihung des Bundesverdienstkreuzes an den „pressescheuen Unternehmer“ bekanntmachte. Ohne Fotos.

Also mußte er abwarten, daß er angesprochen wurde.

Er schlenderte ziellos durch den Zoo, vorbei an Geiern, die lustlos an einem Kadaver zerrten, und einem toten Hering, den die Seehunde übersehen hatten. Das Tropenhaus war menschenleer. Es roch so durchdringend nach Affenschiß, daß Fuchs auf dem Absatz kehrtmachte. Um in den zweiten Teil des Tierparks zu kommen, mußte er durch eine Unterführung, über die ein Spazierweg führte.

Der Mann auf der Brücke stand am Geländer und sah herunter. Er war Mitte dreißig, untersetzt. Die Hände hatte er in den Taschen seiner Schimanski-Jacke vergraben.

Mit weichen Knien ging Fuchs den abschüssigen Weg, wartete einen Moment unter der Brücke. Über ihm knirschte der Kies. Dieser Kommissar hatte sich nicht gemeldet. Wenn man die Bullen schon mal brauchte. Er gab sich einen Ruck und trat ins Freie. Auf dieser Seite war es noch unangenehmer. Er konnte nicht mal sehen, was hinter ihm passierte. Hastig marschierte er nach oben und drehte sich vorsichtig um. Die Brücke war leer, niemand auf dem Weg. Nur der sibirische Tiger lag auf seiner Bank, grinste und kniff ihm ein Auge zu.

Es wird Zeit, mit dem Detektivspielen Schluß zu machen, dachte er. Sonst kannst du mit der Bestie von Bochum, wenn sie die haben, in Eickelborn Mensch-ärger-dich-nicht spielen. Fuchs ließ den Tiger links liegen und drehte seine Runde ums Hirschgehege. Vornehme ältere Herren waren nicht im Angebot. Auf dem Rückweg war die Brücke immer noch leer. Er sah zur Uhr.

Gleich halb fünf.

Unschlüssig blieb er stehen. Noch immer standen die Rentner bei den Bären, auf der Streichelwiese bewarfen Kinder die überfressenen Ziegen mit Futter. Der Wolf war noch beim Sechs-Tage-Rennen.

Um halb fünf verließ Fuchs den Zoo. Er wartete noch ein paar Minuten vor dem Eingang, stieg dann ins Auto, knallte den ersten Gang rein, und mißhandelte das Gaspedal.

Das Schloß hakte ein bißchen, als er die Wohnungstür öffnete. Der fensterlose kleine Flur roch nach seinen Schuhen, die im Regal darauf warteten, betreten zu werden. Seine Jacke hing da, wo sie immer hing, und der Dylan an der Wand schielte über die Sonnenbrille wie eh und je. Fuchs öffnete die Toilettentür. Das schlechte Wetter drückte den Geruch des Abflusses in den engen Raum.

Er verstöpselte die Badewanne, kippte das Fenster und pinkelte im Stehen. Vorsichtig, damit seine Mutter keinen Ärger wegen der Spritzer machte. Er hatte Hunger und ging zur Küche.

Die Tür stand offen. Er prallte zurück.

Jemand hatte alle Schränke geöffnet, die Schubladen

herausgezogen und ihren Inhalt gleichmäßig über den Boden verteilt. Der Kühlschrank war von der Wand gerückt, die Besenkammer auf links gekrempelt.

Er hastete ins Wohnzimmer. Das gleiche Bild. Ausgeräumte Regale, der Teppich hochgeschlagen, die Polster aus den Überzügen geklaut und im Zimmer verstreut, kein Bild mehr an der Wand, das Aquarium mit den Schildkröten auf dem Boden.

Er war auf dem Weg ins Schlafzimmer, als das Telefon schrillte.

Unschlüssig blieb er vor dem Gerät in der Diele stehen. Es gab keine Ruhe. Er nahm den Hörer ab und meldete sich.

Wer da mit ihm reden wollte, bekam er nicht mit.

Eine Hand griff ihm über die Schulter, drückte die Gabel herunter und ruckte das Kabel aus der Wand.

Die Hand kam ihm bekannt vor.

## 26

In der Einsatzzentrale ging es auch am Nachmittag noch hoch her. Korn sauste wie ein Kugelblitz zwischen Telefonen und Funkmikrophon herum, bölkte irgendwelche Bereitschaftspolizisten an oder jammerte bei zugehaltener Sprechmuschel über den Unverstand des Haftrichters, der schon wieder einen Sub auf freien Fuß gesetzt hatte, weil ihm die Beweisdecke zu dünn erschien.

Es dauerte eine Weile, bis er Wegener überhaupt wahrnahm.

„Eins muß der Neid dir lassen, Wegener“, begrüßte er ihn dann, „ein feines Näschen hast du.“

Er strahlte ihn an, als wolle er sämtliche Sticheleien vergessen machen.

Wegener nickte nicht mal. Er ließ sich auf einen der freien Drehstühle fallen und betrachtete den angetrockneten Lehm auf seinen Schuhen.

Korn verzog sein Panzerknacker-Gesicht.

„Ach, so einer bist du. Wegener, unser Seelchen! Erst jagt er den Irren bis ins tiefste Münsterland, und wenn er einen von uns anfällt und ins Gras beißen muß, ist es ihm auch nicht recht."

Er winkte ab und wandte sich einem der Telefone zu.

„Noch nichts Neues von Richard Kimble?"

Die Antwort schien ihm nicht zu gefallen.

„Bewegt euch, Jungens, bewegt euch", knurrte er und legte auf.

Wegener hing immer noch im Drehstuhl wie ein Schluck Wasser in der Kurve.

„Ist doch das Beste, was dem Mann passieren konnte", sagte Korn. „Der wär doch sein Lebtag nicht mehr aus der Klapsmühle rausgekommen. Und billiger ist es auch. Stell dir vor, was der den Steuerzahler noch gekostet hätte."

Wegener richtete sich auf und sah Korn an. Der Mann hatte vom vielen Telefonieren rote Ohren, die Augen schossen Blitze durch den Raum, und seine Nasenflügel zitterten wie bei einem Kaninchen.

Wenn der noch einen fängt, kriegt er Schaum vorm Maul, dachte Wegener.

„Es hätte keinen Prozeß gegeben", sagte er.

„Wieso nicht?"

„Weil Altenscheidt es nicht war. Der hat am Tattag auf der Baustelle gearbeitet."

Korn verdrehte die Augen. Beim sonstigen Zustand seines Gesichts wirkte das besonders apart.

Wegener stand auf.

„Und wie ist es hier gelaufen?" fragte er anstandshalber.

„Nicht schlecht, Wegener, nicht schlecht. Von den Subs ist uns keiner durch die Lappen gegangen. Die meisten sitzen schon in U-Haft. Meine Jungens machen gerade einen Raum leer für die Geschäftsunterlagen, die sie beschlagnahmt haben. Und das Schärfste kommt noch."

Eins der Telefone rappelte. Korn ging ran.

„Das gibt's doch gar nicht", brüllte er und warf den Hörer auf die Gabel.

„Wir können zum ersten Mal eine Verbindung des Syndikats zu den Bauunternehmern nachweisen. In den Verhören haben ein paar von den Galgenvögeln die Firma STRABO schwer belastet. Die STRABO arbeitet seit Jahren hauptsächlich mit Subs und soll von allem gewußt haben, wenn nicht mehr. Zwei Angestellte sind schon hochgenommen. Die schieben alles auf den Chef. Und der ist nicht zu finden."

„Dann sucht mal schön", sagte Wegener und ließ den Wilden stehen.

Im Kommissariat wußten sie natürlich längst, was am Morgen passiert war. Heret und Möller hockten auf der Schreibtischkante der Sekretärin und sahen ihn erwartungsvoll an, als er zur Tür reinkam.

Wegener hatte keine Lust auf Erzählen.

„Er war's nicht", knurrte er und ging durch in sein Büro. Hinter ihm schwebte der Satz im Raum und sorgte für Ruhe.

Am Wandschrank legte er den Mantel ab und versuchte, wenigstens den gröbsten Dreck von den Schuhen zu bekommen. Die teuren Treter kannst du vergessen, dachte er, und den Ski-Urlaub auch. Nächste Woche sollte es losgehen und nun das. Statt des Täters eine zweite Leiche. Sein erster eigener Fall war ein Scheißfall, das stand fest. Auf dem Schreibtisch türmte sich der Stapel Papier, der in Sachen Bäcker inzwischen zusammengekommen war. Er füllte drei Ordner. Es half nichts, er mußte nochmal von vorn anfangen. Am besten gleich.

Wegener klemmte sich hinter den Schreibtisch und griff den ersten Ordner. Auf der Schreibtischunterlage klebte ein Zettel mit zwei Telefonnummern. Der Handschrift nach hatte die Sekretärin sie gemalt. Wegener rief sie an.

„Was ist mir den Nummern hier?"

„Da hat einer angerufen. Sie sollen zurückrufen. Es wär dringend."

„Wer?“

„Einer von der Stadtverwaltung. Fuchs oder so.“

Wegener legte auf.

Der hat mir heute auch noch gefehlt, dachte er und wählte die Stadtverwaltungsnummer. Niemand meldete sich. Die Herren hatte bereits Schluß gemacht. Die andere Nummer hatte nur fünf Stellen. Innenstadt. Wegener wählte und wartete.

„Fuchs“, meldete sich sein Freund aus dem Tiefbauamt. Als er antworten wollte, knackte es in der Leitung. Das Gespräch war weg.

„Zu doof zum telefonieren“, brummte Wegener und versuchte es wieder.

Diesmal meldete der Bursche sich nicht mal.

## 27

„Ich will wissen, wo die Unterlagen sind.“

Der Mann wirbelte Fuchs herum und wrang die Revers seiner Jacke, bis ihm der Hals eng wurde. Die sieben Liter Blut, die ihm gehörten, versammelten sich in seinem Kopf und gelierten. Der Rest Fuchs hing schlapp an den Fäusten des Preisboxers.

Dann ging die Schüttelei wieder los. Das schien seine Spezialität zu sein. Nur seine Arme bewegte er dabei. Das breite Gesicht mit der Nase, auf der außer einem Krauteimer schon alles gelandet war, vibrierte nicht mal. Er konnte das ziemlich lange machen. Viel länger, als Fuchs es aushielt.

Seine Füße fühlten sich fremd an, als er wieder auf ihnen stand. Das Kantinenessen vom Mittag – *Schweinebraten, Schwarzwurzeln in holl. Sauce, Petersilienkart.* – gab Pfötchen.

„Welche Unterlagen?“ fragte er so forsch wie möglich, um seine Todesangst zu überspielen.

Als Antwort pumpte der Bursche ihm eine Faust in den Bauch.

Mit einem Seufzer klappte er zusammen.

Er hockte auf dem Teppich und japste. Der Schläger stand breitbeinig über ihm. Seine Schnürsenkel waren an mehreren Stellen geflickt.

Fuchs rappelte sich auf und stand ihm gegenüber.

Der Typ wartete. Seine Augen hatten wieder den schläfrigen Ausdruck angenommen, der ihm schon beim Wasserschloß aufgefallen war.

Fuchs Gehirn arbeitete fieberhaft. Es war sinnlos, dem noch irgend etwas zu erzählen. Man hatte ihm gesagt, er solle alles Belastungsmaterial holen, das es gab. Und genau das tat er jetzt. Koste es, was es wolle.

„Ich hol das Zeug“, sagte Fuchs und ging ins Schlafzimmer.

Es war nicht durchsucht.

Wiegands Mann ließ ihn nicht aus den Augen. Er füllte den Rahmen der Schlafzimmertür und schwieg.

Die Stadtverwaltungspapiere, die er von Bäckers Frau hatte, lagen zwischen der Bettwäsche. Da, wo seine Mutter zu Hause ihr Sparkassenbuch versteckte. Gescheiteres war ihm nicht eingefallen. Außerdem fand er es witzig.

Jetzt war ihm das Lachen vergangen.

Er zog die beiden Blätter unter dem Kopfkissen weg und brachte sie dem Brutalo. Der konnte sogar lesen. Seine Lippen bewegten sich dabei, formten die Worte, die Fuchs inzwischen auswendig kannte: „Wie ich aus Kreisen der Geschäftsführung der STRABO erfahren habe, soll sich das Unternehmen in finanziellen Schwierigkeiten befinden.“

Der Typ buschstabierte auch noch die Antwort des Baudirektors, bevor er aufsah.

“Und wo hast du den Rest versteckt?“

„Welchen Rest?“ rutschte es Fuchs heraus.

Ansatzlos schoß der Schläger seine Rechte ab.

Sie landete an Fuchs’ Kinn. Es krachte. Fuchs sackte aufs Bett und weinte. Das hier war das Aus.

Sie glaubten, er wisse mehr. Dabei hatte er nur richtig gereimt.

„Wo ist der Rest?"

Der Killer stand vor dem Bett, die Pranken locker vorm Bauch.

Fuchs riß die Arme hoch, um seinen Kopf zu schützen. Der Schlag blieb aus.

„Setz dich auf den Hocker, ich guck mir die Bude in aller Ruhe an", sagte der Typ und begann, den Schrank auszuräumen. „Und keine Faxen, Bürschchen. Die sind deinem Kollegen schon schlecht bekommen."

## 28

Wegener sah ins Telefonbuch. Die Nummer stimmte. Er versuchte es nochmal, ließ es lange klingeln.

Es passierte nichts. Er sah auf die Uhr.

Zehn vor sechs.

Seit dreizehn Stunden im Dienst. Und morgen würde es erst richtig losgehen. Besprechung beim Alten, Berichte schreiben, eine Stellungnahme für die Pressestelle zusammenschustern. Er durfte nicht dran denken.

Lustlos schob er die Akten weg und holte seinen Mantel. Aus dem Spiegel im Wandschrank sah ihn ein verknitterter Wegener an. Er grinste in eine Ecke und ging. Durch das leere Vorzimmer, über den entvölkerten Flur.

Bisher war alles in seinem Leben planmäßig verlaufen. Das Gymnasium, wo der Sohn des Wachtmeisters Heinrich Wegener und seiner Frau Erika immer zu den Besten gehörten, die Aufnahme in den gehobenen Polizeidienst, Studium an der Fachschule, Diplom mit Auszeichnung, die Heirat mit seiner Frau Angelika, einer Datentypistin bei IBM in Dortmund, keine Kinder, die Eigentumswohnung, die Versetzung ins 1. K. und die Ernennung zum Oberkommissar – alles hatte geklappt, ohne daß er sich allzusehr anzustrengen brauchte. Er überlegte sich die Sachen gründlich, bevor er sie machte und nicht erst hinterher. Das senkte die Fehlerquote enorm.

Altenscheidt war sein erster richtiger Flop. Dabei hätte es genausogut eine neue Sprosse auf der Karriereleiter werden können. Seine Idee mit dem Sub und der Baustelle auf dem platten Land war genial. Und wenn Altenscheidt der Täter gewesen wäre . . .

Wegener stieg in seinen BMW und glitt vom Dienstparkplatz. Gondelte durchs Stadtparkviertel, wo die Gründerzeitvillen standen, von denen seine Frau träumte. Bog auf den Ring ein und umkurvte die Stadt. Quälte sich über die Ampeln auf dem Südring. Schaffte es nach zwei Rotphasen, links in die Viktoriastraße zu kommen. Mußte unter der Eisenbahnbrücke schon wieder halten und sah das Schild *Kronenstraße*.

Da wohnte dieser Fuchs, hatte er im Telefonbuch gelesen. Wegener nahm die Gelegenheit beim Schopf, bog ab und parkte vor dem Haus Nummer 10. Es war ein vierstökkiges Haus wie alle an dieser Straße, weißverklinkert, mit einer Durchfahrt auf den Hof.

Die Haustür stand offen. Eine umfangreiche Hausfrau wischte das Treppenhaus. Sie wrang den Aufnehmer aus und legte ihn Wegener vor die Füße. Er trat darauf, sah, wie der Feudel sich unter seinen Lehmschuhen braun färbte, und machte, daß er hochkam.

Die Frau schimpfte hinter ihm her.

Statt eines Namensschildes hing im vierten Stock links ein Plastikfigürchen: ein aufrechtstehender Fuchs in Straßenkleidern.

Drinnen ging es hoch her. Jemand redete laut und wütend. Hörte sich nicht an wie Fuchs. Dann klatschte es zweimal und irgendetwas Großes, Schweres fiel zu Boden.

Wegener klingelte.

Drinnen blieb es still.

Er klingelte nochmal. Es rührte sich nichts.

„Herr Fuchs, hier ist Wegener."

Es rührte sich nichts.

„Wegener von der Kripo. Herr Fuchs, machen sie auf!"

Schritte näherten sich der Tür.

Sie wurde von innen aufgerissen, eine Faust schoß vor und traf Wegener mitten ins Gesicht. Ehe er begriffen hatte, stürzte jemand an ihm vorbei und raste die Treppen herunter.

Seine Nase war aufgeplatzt und blutete. Er wischte das Blut mit der Hand weg, zog die Pistole, die seit morgens im Schulterhalfter drückte. Unten kreischte die Putzfrau.

Wegener jagte die Treppen hinab, rutschte auf dem Putzwasser aus, fing sich an der Tür.

Der Mann hatte zwölf Meter Vorsprung. Er rannte nach rechts. Richtung Bahnhof.

Wegener galoppierte hinterher. Sein Mantel hinderte ihn beim Laufen.

„Halt! Stehenbleiben! Polizei!" schrie er.

Der Mann rannte weiter.

Der Schuß peitschte durch die Straße. Der Flüchtende machte noch gerade drei Schritte, taumelte dann wie ein Traumtänzer und sackte auf dem Bordstein zusammen.

Wegener war über ihm. Seine Kugel hatte den Mann im Rücken getroffen, da, wo die meisten lebenswichtigen Organe liegen.

Wegener schaute sich um.

Auf der anderen Straßenseite gab es eine Trinkhalle. Er ging hin, ließ sich das Telefon geben und wählte den Notruf.

## 29

Als Fuchs die Augen aufschlug, war der Schmerz weg. Die Bettdecke unter seinen Händen fühlte sich gut an, frisch gebügelt und kühl. Ein Fensterflügel stand auf und ließ den Geruch der aufbrechenden Erde in sein Zimmer. Sonnenstrahlen fielen durch den immer noch kahlen Ahorn und zeichneten seinen bizarren Schatten auf das junge Gras. Eine fette Taube gurrte.

Der Arzt war jung und fröhlich. Er stand am Fußende und hielt Röntgenbilder gegen das Licht.

„Was eine Zahnlücke alles bewirken kann“, sagte er und zeigte Fuchs die gebrochene Stelle. „Es war der schwächste Punkt Ihres Unterkiefers, an dem Sie getroffen wurden.“

Fuchs erkannte nichts. Er betastete sein taubes Kinn mit den Händen. Die Drähte, mit denen sie die Knochenteile verbunden und die Zähne gerichtet hatten, waren deutlich zu spüren. Es fühlte sich an wie ein Maul voll Stacheldraht.

„Es dürfte drei bis vier Monate dauern, bis alles ausgeheilt ist“, sagte der Arzt. „Aber dann müßte Ihr Unterkiefer so gut wie neu sein.“

Fuchs versuchte etwas zu sagen.

Der Arzt lächelte.

„Sie werden eine Weile nicht sprechen können, oder nur durch die Zähne. Und das Essen werden Sie mit dem Strohhalm nehmen müssen. Alles kommt darauf an, daß Sie den Kiefer nicht anstrengen.“

Fuchs nickte.

Als der Arzt gegangen war, schlief er ein.

Mittags kam seine Mutter. Sie brachte Schlafanzüge und Handtücher für mehrere Monate, den Kulturbeutel und ein Kofferradio, setzte sich an sein Bett und heulte. Zum Glück hatten ihr die Ärzte gesagt, daß er nicht reden dürfe.

Sie blieb zwei Stunden und drohte zum Schluß, am nächsten Morgen wiederzukommen.

Pünktlich zu den Fünf-Uhr-Nachrichten stand Wegener im Zimmer. Fuchs hätte ihn fast nicht erkannt. Seine Nase hatte Größe, Form und Farbe einer Aubergine angenommen. Weil sie frisch mit Salbe eingerieben war, glänzte sie auch so.

Die beiden sahen sich an und grinsten.

Wegener legte seinen unvermeidlichen Mantel ab, zog einen Stuhl ans Bett und sagte: „Er ist tot.“

“Hat er was gesagt?“ Fuchs quetschte die Frage durch den Stacheldrahtverhau.

„Ist er nicht mehr zu gekommen.“

„Und nun?“

„Wir wissen, wer er war. Werner Köhler. Kommt aus der illegalen Subunternehmer-Scene und hat höchstwahrscheinlich Ihren Kollegen auf dem Gewissen."

„Wieso?" zischte Fuchs.

„Wir haben in seiner Wohnung einen Toschläger gefunden. Die Blutspuren stammen von Bäcker."

„Warum?"

„Warum er ihm umgebracht hat?"

Fuchs nickte.

„Als wir gestern auf den Krankenwagen warteten, hab ich Ihnen von der Razzia erzählt. Wir haben das ganze Syndikat hochgenommen, bis auf Wiegand, der mit Sicherheit dazugehörte. Den Lastwagen voll Geschäftsunterlagen, den wir beschlagnahmt haben, sichten die Kollegen gerade. Es gibt da eine Liste mit Sonderausgaben. Schmiergelder für alle möglichen Bürokraten, Schweigegelder und so. Wir sind dabei, das nachzurecherchieren. Bäcker steht auch auf der Liste. Mit Beträgen, die ständig größer wurden. Zu schmieren gab es bei ihm nichts, haben Sie mir selbst erklärt. Weil er mit dem eigentlichen Straßenbau nichts zu tun hatte. Bleiben also Schweigegelder. Wahrscheinlich hat er noch mehr über STRABO und die Subs rausgekriegt als das bißchen, das Sie bei ihm zu Hause gefunden haben. Damit hat er das Syndikat angezapft, bis es denen zuviel wurde."

„Weiß seine Frau schon?"

Wegener sah ihn groß an.

„Wegen der Lebensversicherung", beeilte sich Fuchs. „Ohne Mörder zahlen die nicht."

Langsam gewöhnte er sich daran, die Zähne zusammenzuhalten. Es klang reichlich nuschelig, war aber zu verstehen.

„Was ist mit Wiegand?" wollte er wissen.

„Dem geht es gut!" Wegener schnaufte dabei und fuhr sich durchs Gesicht. „Das Privatvermögen hat er seiner Frau überschrieben. Da kommt keiner ran. Und an ihn selbst auch nicht. Als er gestern Wind von der Razzia bekam, hat er sich abgesetzt. Wir wissen sogar, wohin. Auf sein Gestüt nach Irland. Mit denen haben wir keinen Auslieferungsvertrag. Wenn der Wirtschaftskrams in zehn Jahren verjährt, kann er zurückkommen. Falls er dann noch lebt."

„Und wann verjährt Anstiftung zum Mord?"

Wegeners Gesicht verdunkelte sich. Er stand auf, lief ziellos im Krankenzimmer herum. Spielte mit der Blüte auf der Fensterbank.

„Dazu hätte ich Köhler haben müssen. Lebend."

Der Kripo-Mann zog den Mantel an und hielt ihm die Hand hin.

Fuchs ignorierte sie.

„Und Gries, was ist mit dem? Der hat Wiegand doch die Aufträge zugeschanzt." Er war laut geworden, trotz Drahtkiefer.

Wegener grinste unter seinem Riechkolben.

„Gut, daß ich dafür nicht zuständig bin. Das sollen die Stadtverwaltungsleute unter sich ausmachen. Sie können ja nochmal einen Vorstoß unternehmen, Fuchs", lächelte er, nahm seine Hand von der Bettdecke und schüttelte sie. „Wenn Sie wieder besser sprechen können, machen wir ein schönes Protokoll. Vorgelesen, genehmigt und unterschrieben: Fuchs. Geschlossen wie oben: Wegener."

Dann ging er.

Fuchs blieb allein mit seinem zerpochten Kopf. Er stellte das Radio an. Grönemeyer sang „4630 Bochum". *Tief im Westen, wo die Sonne verstaubt, ist es besser, viel besser als man glaubt.*

Fuchs schnaubte.

Herbie ließ sich davon nicht irritieren, sang von Schrebergarten, Himmelbett und Doppelpaß. *Hier wo das Herz noch zählt, nicht das große Geld.*

„Halt's Maul", zischte Fuchs und drückte auf Aus.